PABLO POVEDA

Asalto Internacional

First edition

ISBN: 9781692267551

Proofreading by Ana Vacarasu
Cover art by Pedro Tarancón

This book was professionally typeset on Reedsy.
Find out more at reedsy.com

A ti, que me lees, por la oportunidad.

Si no puedes ser fuerte, y sin embargo no puedes ser débil, eso resultará en tu derrota.

Sun Tzu

1

El cepillo alisó el cabello del muñeco. La niña ponía empeño en estirar la larga melena del suave caballo de peluche que su madre le había regalado semanas antes.

Sentada en uno de los sofás del salón, la madre la observaba sonriente, con el pelo recogido en un moño. Iba vestida con una chaqueta roja y una falda del mismo color, por la que salían sus alargadas y bronceadas piernas, a pesar de que fuera abril y la temporada estival aún no hubiese llegado. Era de las personas que prefería estar morena todo el año. El salón era espacioso, más de lo habitual en un hogar español. La mujer, entre sus manos, sostenía una edición de bolsillo de *Guerra y paz* de Tolstói, probablemente comprada en algún aeropuerto y durante uno de sus constantes viajes.

—Mamá, cuando sea mayor —dijo la pequeña con voz dulce y entrañable—, seré una jinete y tendré un caballo llamado Turbo.

La mujer levantó los ojos de las páginas del libro y le sonrió mostrándole una blanca y brillante dentadura. Era atractiva, hermosa, y sabía que su hija también lo sería en el futuro. A diferencia de ella, y a pesar de la sangre finesa que corría por sus venas, Dana había nacido morena, pero eso sólo la hacía más bonita. De mayor, se convertiría en toda una belleza.

—Serás todo lo que tú quieras, Dana —respondió la mujer

mirándola con cierta nostalgia. Quizá ni ella se creyera sus propias palabras—. Estoy convencida de ello.

La niña se rio y siguió acariciando al caballo.

—Yo no quiero ser médico, ni profesora —prosiguió la pequeña con su discurso—. Quiero ser jinete y tener un caballo.

Esta vez, su madre ignoró el comentario, permitiendo que la niña siguiera sumida en sus pensamientos. Se levantó del sofá, caminó hacia una balda y dejó el libro que tenía en las manos. Después se acercó a la ventana que daba a la calle y miró por el espacio que quedaba entre la cortina y el cristal.

La niña percibió una ligera preocupación en los ojos de su madre. Entonces dejó de acariciar al animal de algodón.

—¿Quién hay ahí mamá?

Con el fin de no asustarla, fingió normalidad y se dirigió hacia la cocina.

—Nada, Dana. No ocurre nada.

Pero la niña sabía que no era cierto. Aunque era demasiado pequeña para entender lo que pasaba a su alrededor, había aprendido a ver las señales. Últimamente, su madre entraba y salía a menudo de la casa. Como un animal de compañía, la pequeña se asustaba cada vez que la dejaba sola, temerosa de ser abandonada para siempre.

Sin moverse del sofá, observó los movimientos de la mujer que, tras beber un poco de agua en la cocina, se dirigió hacia su dormitorio.

—¿A dónde vas, mamá?

—A ninguna parte, Dana. Sigue con lo tuyo —respondió. El tono de su voz se volvía más tenso. La dulzura que le había transmitido minutos atrás, había desaparecido. Estaba nerviosa y su estado era contagioso. La niña comenzó a inquietarse.

—¿Te vas a ir?

Sumergida en sus pensamientos, la mujer tardaba en soltar las respuestas.

—No, Dana. No me voy a ir a ningún lado. Ya te lo he dicho.

Pero la niña conocía esa respuesta. La había escuchado antes.

Los instintos de supervivencia se apoderaron de ella. Su madre mentía, la iba a abandonar de nuevo.

Angustiada, con el peluche entre sus pequeños brazos, caminó hacia la puerta del dormitorio. Poco a poco, a causa de la ansiedad, sus ojos se humedecieron antes de romper en un mar de lágrimas.

—Por favor, mamá, no te vayas. No te vayas otra vez... —suplicó en la puerta al verla metiendo ropa en el interior de una maleta pequeña. Pero sus palabras eran ignoradas por la mujer, que parecía concentrada en su tarea—. ¡No te vayas, mamá! ¡Quiero ir contigo!

Fría como un témpano, la madre la miró con los ojos bien abiertos y una expresión seria. La niña se calló y quedó paralizada con la respuesta. En un acto reflejo, sus dedos fueron directos a la boca y el caballo cayó al suelo. Consciente de lo que había hecho, la mujer se acercó a la pequeña, se arrodilló y le entregó el muñeco, regalándole una caricia en el rostro.

—Dana, mi Dana... Tienes que ser fuerte —susurró esbozando una mueca manchada de pesadumbre—. Somos una familia de mujeres valientes.

—Pero, no te vayas, mamá... No quiero estar sola.

—Algún día lo entenderás —respondió tocándole la mejilla de nuevo. La niña la observaba como si intentara descifrar sus intenciones y la mujer pensó que no existía nada más sincero que la mirada de un niño—. Lástima que todavía no puedas.

Sin más, se puso en pie, cerró la cremallera de su equipaje y buscó un último objeto en el armario.

—¿Vas a volver? —preguntó la criatura en busca de una respuesta.

De una caja oscura, la mujer sacó una Glock de 9mm, de color gris oscuro y un tubo alargado de color negro. La niña se quedó muda. Vio cómo su madre enroscaba el supresor y ocultaba el arma bajo la chaqueta.

—Ahora, Dana, vas a hacer lo que te diga. ¿Entendido? —preguntó. La pequeña atendió expectante—. Irás a tu habitación, cerrarás la puerta y no la abrirás hasta que yo te lo ordene. ¿Queda claro?

—Sí, mamá...

Las lágrimas caían por ambos lados del suave rostro.

—Volveré en unas horas —comentó agarrando la maleta—. Sé una niña obediente y no salgas de tu cuarto bajo ninguna circunstancia.

—Lo haré, mamá...

La mujer sonrió, arrastró la maleta hacia el salón, volvió a asomarse a la ventana y buscó las llaves del apartamento.

—Ahora ve, que yo te vea —dijo, pero la pequeña se quedó inmóvil y triste. La mujer resopló, se agachó y abrió los brazos—. Ven aquí, anda.

La niña corrió hacia ella, con la respiración cortada por el sollozo, y la abrazó con todas sus fuerzas. No quería que se fuera.

—No te vayas, por favor, mamá... No quiero estar sola...

—Te prometo que volveré, Dana —contestó la mujer. Se separó unos centímetros y la miró a los ojos—. Sé fuerte, más fuerte que nadie. Ahora, corre.

La pequeña asintió con la cabeza y, finalmente, caminó hacia su cuarto, cerró la puerta e hizo lo que su madre le había ordenado. Después se agarró con fuerza al caballo.

—Sé fuerte... —susurró para sí misma.

Al otro lado de la pared, se escucharon voces desconocidas. Un fuerte golpe cerró la puerta de la vivienda. A lo lejos, la niña sintió varias explosiones.

—¡Mamá! —gritó a pleno pulmón, pero nadie respondió a su súplica.

2

Había sufrido otra maldita pesadilla. Se despertó desconcertada, con una fuerte presión en el pecho y la camiseta empapada. En su cama no había nadie más que ella. No echaba de menos a su ex, aunque sí la presencia de un hombre al que abrazar en ocasiones como esa.

Todavía no había amanecido y el viejo despertador Casio marcaba las cinco y media de la mañana.   *idleness*

—¡Mierda! —bramó recuperando el habla.

Salió de la cama, directa al cuarto de baño. El sueño no sería un impedimento para que su día transcurriera con normalidad. La actividad era el mejor remedio para combatir la desidia que dejaba un mal sueño o una noche de fatiga. Con el pelo alborotado por la almohada, pasó por delante del espejo sin fijarse. Se quitó la camiseta de dormir, las braguitas y abrió el grifo de la ducha. Un chorro de agua fría cayó con fuerza. Tomó una profunda respiración y se colocó debajo.

El pulso se le aceleró pero, en cuestión de segundos, se acostumbró a la temperatura. Aquello la revitalizó.

Minutos después, Dana llevaba unos vaqueros rotos por las rodillas, una camiseta negra en la que se le marcaban las costuras del sostén y unas zapatillas Converse All-Star de color negro bastante desgastadas. Aunque en el centro carecían de vacaciones oficiales, aquel era su día libre y había decidido aprovecharlo del mejor modo.

En cuestión de meses, su vida había dado un giro de ciento ochenta grados.

Soltera, con una doble identidad y libre de responsabilidades, había logrado entrar en una estabilidad más o menos saludable. En el trabajo comenzaban a ignorarla, como si fuera una más. Las novedades solían perder frescura después de cierto tiempo y Dana lo agradeció. Ser el objetivo de las miradas, en un lugar en el que todos están pendientes de un error ajeno, no era lo más placentero. Ahora sólo se preocupaba de que Escudero, la jefa del departamento, estuviera contenta con sus progresos.

Ponce, el compañero que le habían asignado, un hombre corpulento, bastante más alto que ella, atractivo aunque con una expresión seria, seguía en sus trece: áspero la mayor parte del día, excepto cuando soltaba tensión con algún comentario jocoso. Pero a ella no le importaba. Sabía que, en el fondo de su corazón, existía una persona noble. Como muchos de los que también trabajaban para la seguridad nacional, Ponce lidiaba con su pasado del mejor modo que podía. Sobreponer la importancia de un país por encima de lo personal, era la mejor manera para dejar los problemas de la vida a un lado.

Agarró la chaqueta negra de cuero y abandonó el apartamento con el cabello aún húmedo. El fresco de la mañana primaveral azotó su rostro. Era su estación favorita del año. El resurgir de la vida. Los días se volvían más coloridos y las expresiones de la gente irradiaban simpatía. Por fortuna, nunca le habían diagnosticado una alergia, ni tampoco solía ponerse enferma por esas fechas. Sin embargo, al igual que con la llegada del otoño, sentía cómo su cuerpo experimentaba cambios. Para combatir esto, intentaba llevar un ritmo de vida normal, cargado de deporte.

Salió de casa con las gafas de sol puestas y un casco de motocicleta bajo el brazo. Bajo los primeros rayos de sol de la mañana, callejeó unos metros hasta una cafetería del barrio. Intentaba variar de establecimiento, con el fin de que nunca llegaran a saber demasiado de ella. Cuando se trabajaba para el CNI, cualquier observador podía ser aliado o enemigo. Los dueños de los bares solían tratar con cientos de personas al día. La mayoría de éstas, se dejaban ver a la misma hora, cada día, haciendo del encuentro una parte de sus rutinas. Era fácil predecir las rutinas de las personas. Lo último que necesitaba la agente era tener vigilantes en su propia calle.

Esa mañana optó por un bar típico español, como los muchos que se podían encontrar en la capital. Dana no solía frecuentar las franquicias, ni tampoco las cafeterías de moda. No tenía nada en contra de ellas. Simplemente, no le interesaban.

Se sentó en un extremo de la barra, se quitó las monturas y pidió un café y una tostada con tomate, aceite y jamón serrano. Era la única mujer en el local. Para Dana, la clientela de la primera hora representaba la clase social del barrio en el que se encontraba. Dependiendo de la zona, podía dar con personas estiradas de corbata y abrigo largo o con grupos de taxistas, personal de construcción y funcionarios del Estado.

Desde su posición se fijó en la televisión que había en lo alto. El informativo matinal abría con la campaña electoral que había arrancado unos días antes. Era época de elecciones presidenciales. El país se encontraba dividido. Nuevas agrupaciones políticas habían cobrado fuerza tras el golpe de la crisis económica y los movimientos nacionalistas crecían como solución a todos los problemas. Pero, sin duda, el partido político que daba la sorpresa era el Partido Pirata Español, un grupo apenas conocido, sin representación parlamentaria hasta la fecha, pero que había ganado adeptos durante el último año, tras las medidas de censura en las redes que el propio Gobierno y la Unión Europea habían impuesto a la ciudadanía.

—Estos sólo quieren chupar del bote... —comentó el camarero mientras colocaba una taza de café limpia sobre un plato.

—¿Y quién no? —preguntó un cliente—. Cóbrate, por favor.

Pero Dana sabía que no era así. Los partidos políticos necesitaban financiación para salir adelante. La mayoría de ésta procedía de particulares, de empresas o instituciones de otros países. Detrás de un líder con ideas, existía un complot de intereses, normalmente infundados desde otra parte del globo. España no era una excepción. No obstante, hasta el momento, nadie sabía quién había detrás de aquella agrupación. Si un puñado de intelectuales millonarios de California o un peligroso grupo de empresarios con turbios intereses antidemocráticos. Todo era posible.

Cuando terminó el desayuno, abonó la cuenta, salió del establecimiento y caminó calle abajo hasta que se detuvo frente a una motocicleta. Con su llegada al CNI, había decidido cambiarlo todo hasta ser ella misma, y eso también incluía el transporte. Tras hacer números y sopesar la decisión, logró deshacerse del Fiat 500, el cual sólo utilizaba para ir al trabajo. Como reemplazo, había cumplido uno de los sueños de su infancia. Dana miró a la Ducati Scrambler de color negro que tenía delante: robusta, pesada y bonita, con un faro redondo al frente, dos ruedas anchas y dos espejos retrovisores que salían del manillar. No era una Harley-Davidson, pero la fiera italiana le bastaba para moverse por la ciudad con soltura y velocidad.

Con el casco puesto, se cerró la chaqueta, subió en el vehículo y arrancó. Aquella compra había sido la mejor en los últimos meses.

Algunos viandantes la miraron sorprendidos al escuchar el ruido del motor, que no pasaba desapercibido en la calle.

Después la agente aceleró y salió disparada por la avenida.

3

(f) bleach

Los primeros *riffs* de guitarra de *Enter Sandman* de Metallica sonaban a todo volumen por los auriculares inalámbricos. Olía a humedad y a lejía. Las puertas del Gimnasio Kali llevaban apenas unas horas abiertas y la clientela del primer turno poco tenía que ver con el ambiente que se respiraba en el barrio donde vivía.

Allí, en el interior del local de una de las perpendiculares que se unían a la calle de Bravo Murillo, la mayoría eran hombres musculosos, con los cuerpos marcados con tinta de tatuaje y cicatrices de juventud. Algunos trabajaban en la noche como porteros de discoteca. Otros eran guardias jurados, guardaespaldas privados o luchadores profesionales. Era uno de los pocos sitios en los que podía ser anónima, a pesar de llamar la atención con su presencia. En realidad, era una mujer más. Pese a su inferioridad física, nunca se había sentido intimidada por esos tipos. Todos ellos la trataban con respeto y sin privilegios. El ambiente era bueno y había sabido ganarse el respeto de todos, tan pronto como la vieron sobre el cuadrilátero.

Dana practicaba boxeo desde hacía años, aunque lo había dejado durante su época de formación para convertirse en agente. Una vez ingresada en el centro, no tardó en buscar un lugar donde continuar con su deporte favorito. Le gustaba el contacto y la velocidad. Era el mejor modo de liberar toda la ansiedad que acumulaba. Pero el boxeo no sólo era eso. Para ella, la parte más importante estaba en la velocidad, el ritmo. Saber moverse con rapidez, pensar más rápido que su oponente y poner la mente y los reflejos a prueba. A su vez, la disciplina le proporcionaba resistencia física y control psicológico, dos piezas clave para el desarrollo de su actividad laboral. Disfrutaba viendo cómo los novatos llegaban al gimnasio, a diferencia de los experimentados, con la soberbia por las nubes y la necesidad de una urgente cura de humildad. Muchos aterrizaban por allí porque era una tendencia social, más que un deporte con reglas e historia. Como parecían ansiosos por demostrar su hombría a base de mamporros, desde el primer momento, Toño, un boxeador retirado, propietario del lugar y *sparring* de Dana en sus horas libres, los invitaba a pelear contra la agente.

«Pero es una mujer», solían decir cuando la veían con los guantes puestos golpeando el saco. Los contrincantes de la agente eran lentos, torpes y carecían de experiencia. Sus piernas se movían con desacierto y, tras unos derechazos fallidos, se quedaban sin respiración. Minutos después de enfrentarse a Dana contra las cuerdas, se tragaban el orgullo cuando le pedían que parara.

Aquella mañana, Toño no estaba en el local. Algunas personas usaban las máquinas para ejercitar los músculos y una pareja de chicas hacía abdominales sobre las esterillas.

Dana siempre guardaba un conjunto de ropa limpia en la taquilla del gimnasio, por si le apetecía entrenar en cualquier momento del día. Así que se cambió de vestimenta y se dispuso a descargar aquel mal sueño contra el saco. El grupo de *thrash metal* acompasaba los golpes a través de los auriculares. Los puños de Dana se movían a toda velocidad.

Le sentaba bien, podía sentir cómo su mente se quedaba en blanco, fijándose únicamente en el saco.

Con cada impacto, los retales de esa pesadilla, que últimamente se repetía cada noche, desaparecían como vapor de agua en su cabeza. Un mal sueño que no era más que un recuerdo olvidado, una secuencia de imágenes grabadas a fuego, desde muy pequeña, que no habían salido a flote hasta entonces. De pronto, pensó en su madre una vez más y notó cómo la fuerza de sus brazos decaía. El odio tenía un poder enorme, capaz de encender un cuerpo totalmente adormecido, pero también de apagarlo. De igual manera que despertaba sentimientos enterrados, el odio se llevaba toda la fuerza que albergaba el cuerpo. A medida que la recordaba, empezó a fatigarse. Estaba empapada de sudor, pero era consciente de cuál era el problema. Había perdido la cuenta de los meses que llevaba sin hablar con ella.

Todo por una cuestión de orgullo. Todo porque ella nunca había aprobado que solicitara el ingreso para convertirse en una agente de la inteligencia estatal.

Lo que más le dolía a Dana, no era que su madre se opusiera a una decisión personal. El conflicto era mayor. Ser parte del CNI las convertía en enemigas. Tarde o temprano, por una cuestión de supervivencia, se enfrentarían. Sólo entonces, una de las dos tendría que apartar a la otra para poder seguir su camino.

Entre puñetazos, una gota de sudor se deslizó hacia abajo por su frente, cuando notó la presencia de alguien junto al saco. Una mano se apoyó sobre él, deteniendo el movimiento.

Respiró profundamente y miró a la silueta humana. Sorprendida, detuvo la música y se quitó los auriculares.

—¿Qué haces aquí? —preguntó desconcertada.

El agente Ponce le sacaba una cabeza y media de altura. Vestido de traje, con el cabello repleto de canas y engominado hacia atrás, la miraba con el ceño fruncido, asombrado, tal vez, aunque Dana nunca lo sabría. El rostro de aquel hombre era indescifrable.

—Así es como disfrutas de tu tiempo libre —dijo con su voz profunda—. Te imaginaba oliendo margaritas en el Parque del Retiro, agente Laine.

—No has respondido a mi pregunta.

—¿Desde cuándo boxeas?

Uno de los clientes habituales se percató de la situación. Dejó la máquina que estaba utilizando para ejercitar el pecho y se acercó a la agente.

—¿Todo bien, Dana? —preguntó. Sus brazos eran tan anchos como dos tablas de planchar.

Ponce lo miró sin ningún tipo de interés.

—Sí, Fede. Todo en orden.

—Vaya, eres la reina del lugar. Qué interesante.

—Si no me vas a decir a qué has venido, será mejor que te largues —dijo la agente y volvió a colocarse los auriculares—. No estoy de humor esta mañana.

—Escudero nos quiere en Barcelona esta tarde —respondió sin moverse un centímetro—. Es una misión rutinaria.

—Qué raro, no he recibido ninguna llamada.

—Venga, dúchate. Te espero fuera.

—No pienso ir a ninguna parte hasta que reciba la llamada, Ponce. Son las nueve de la mañana. Si vas a esperarme, más te vale hacerlo a la sombra.

La respuesta de la mujer desbloqueó al agente.

Ponce chasqueó la lengua.

—¿Es una tomadura de pelo, agente?

—Es mi día libre.

—Hay que joderse...

—A no ser que... —dijo ella. Había tenido una idea. Ponce esperó a que terminara la frase—, te subas conmigo al *ring*.

—¿Qué? —preguntó echando la cabeza hacia atrás—. Ni hablar. No pienso lastimarte.

—¿Porque soy una mujer?

—No —respondió completamente serio—. Porque no me durarías ni veinte segundos.

Dana se acercó unos centímetros y lo miró desde abajo.

—Entonces, cámbiate, pelea y estaremos fuera en quince minutos.

4

Dana pensó que sería divertido. Después de todo, a Ponce no le vendría mal relajarse un poco antes del viaje. A pesar de la aparente reticencia, el agente no se resistió. Minutos más tarde, aparecía por la puerta de los vestuarios, vestido con una camiseta interior blanca, un pantalón corto rojo y unos guantes de boxeo del mismo color.

Aunque allí nadie estaba al corriente de la identidad de los agentes, la incipiente llegada de Ponce, vestido de traje y corbata, y la fama local que Dana tenía a sus espaldas, había alimentado el interés de los clientes del gimnasio, que ahora miraban expectantes al cuadrilátero. Todos conocían o habían oído hablar de Dana y sus combates en alguna ocasión, pero la mayoría de los contrincantes habían sido jóvenes, de un tamaño y peso similar al de la agente. Empero, la presencia de Ponce hacía el encuentro un tanto excepcional.

El agente estaba fuerte y en buena forma física. Podía notarse en su cuerpo, aunque sus músculos no se le marcaran bajo la piel. Para él, eso era lo de menos. Cuando una persona se jugaba la vida, durante años, a punta de pistola, era consciente de que el grosor de los abdominales no frenaría el impacto de las balas. Por su parte, Dana estaba delgada, como cualquier otra chica de su edad que practicaba deporte con frecuencia. Cualquiera que la viera, jamás pensaría que practicaba un deporte de contacto como el boxeo. Pero las apariencias siempre engañaban y la agente Laine era toda una caja de sorpresas.

—Te diría que esa camiseta interior es como la de mi padre —comentó al verlo acercándose a las cuerdas. Ponce le resultaba atractivo, pero quería desestabilizarlo—, pero como nunca lo conocí...

—Me dirás que visto como un viejo, ¿es eso? —preguntó y soltó una risa despreciable—. Buen intento, Laine. Al menos no parezco una mantis religiosa... Déjate de cháchara y vamos a pelear.

La agente se ruborizó.

¿Qué insinuó con eso?, se preguntó con los mofletes enrojecidos.

Dado que Ponce no tenía calzado para la ocasión, no le importó estar descalzo sobre la lona. Dana se quitó las zapatillas para equipararse y ambos se colocaron un protector bucal y un casco.

—Jamás imaginé que terminaría en un ring contigo, Laine. Eres toda una aventurera.

—Cierra el pico, Ponce —dijo ella y se adelantó unos centímetros. Pronto se dio cuenta de que no era la única experimentada en el cuerpo a cuerpo. El agente sabía moverse, por lo que concentró toda su energía para evitar una sorpresa. La mayoría de los agentes de campo tenían conocimientos de algún tipo de defensa personal, aunque eso no significaba que todos la practicara. En el caso de Ponce, no era de extrañar que supiera boxear. Era un hombre rudo que, como Dana, arrastraba un trágico episodio sentimental relacionado con su familia.

Era un secreto a voces en «La Casa».

Los tipos como él necesitaban desfogarse de algún modo.

Con los ojos clavados en su oponente, Dana permitió que el agente se confiara, acercándose a ella. Ponce, que era superior en cuerpo, movió las piernas a la vez que meneaba la cabeza e intentó asestarle un derechazo implacable. Por suerte, Laine lo esquivó y le respondió con un golpe de zurda que fue directo al pómulo.

—¡Vamos, Dana! —exclamó uno de los espectadores del gimnasio.

El agente reculó y se echó hacia atrás, cuando Dana fue a propinarle el siguiente golpe, aprovechando la confusión. Pero Ponce logró salir airoso y retrocedió aún más.

—Buen golpe, no sabía que eras zurda.

—No sabes nada de mí. Déjate de paternalismos.

Laine, confiada, avanzó unos pasos, arrastrando a su contrincante contra las cuerdas. Ponce se movía rápido. El golpe apenas le había dolido.

—¿De dónde procede toda esa rabia? —preguntó al esquivar otro puñetazo de la agente. Antes de que ella respondiera, le asestó un derechazo en el torso que la agente no pudo frenar, y se echó atrás.

Sintió el impacto como una barra de acero contra las costillas. Debía estar más atenta, si no quería abandonar la lona con un hueso roto.

—¿Eso es todo lo fuerte que sabes dar?

—No seas estúpida. Es un deporte de contacto, pero ni siquiera te he golpeado.

Laine recortó distancias, se cargó de oxígeno y comenzó a mover las piernas de un modo hipnótico. Ponce no vio el primer revés, que fue directo a su cabeza, ni tampoco el segundo. Después llegó el tercero y así hasta seis puñetazos que lo arrinconaron contra el final de las cuerdas. El agente se protegía la cara con los brazos, intentando salir airoso del furioso arrebato de la agente. Dana, sin darle tregua, se ensañaba como si fuera el combate del siglo.

La ovación del público daba casi por terminado el espectáculo. Todos estaban con ella y eso le daba fuerzas para seguir adelante. En su cabeza, no existía Ponce, ni la relación profesional que les unía. Era su oponente y sólo podía quedar uno en pie.

En un descuido de la atacante, Ponce se escabulló y le asestó otro derechazo abdominal para deshacerse de ella unos segundos. Laine sintió el malestar como un fuerte latigazo, aunque sería más tarde cuando le dolería de verdad.

—A Escudero no le hará gracia que perdamos el AVE —dijo Ponce, sudoroso y moviendo los guantes para protegerse el rostro—. No lo haces mal, Laine. Pero no piensas con claridad... Tienes que aprender a perdonar, antes de que el odio te consuma.

—El odio nos consume a todos.

—Debes deshacerte de él —continuó—. De lo contrario, terminará por nublarte el pensamiento.

—¿De qué hablas ahora, Ponce? —preguntó molesta—. ¡Pelea y terminemos con esto! ¡No me das ningún miedo!

—Lo siento, Dana. Tú lo has querido así.

Con una mirada feroz, el agente levantó los puños para protegerse la mandíbula y se acercó a la chica. Dana buscó el modo de devolverle otra sacudida, pero los movimientos del agente fueron firmes. Se acercó a ella con demasiada seguridad y, por un momento, temió que se le echara encima. Dana intentó defenderse con un buen ataque. Estiró el brazo como una flecha para alcanzar al agente y quitárselo de encima, pero Ponce apartó el guante con el brazo izquierdo y le propinó un puñetazo seco y directo en la sien.

La agente se quedó sin aire, la flema salió de su boca, volando unos metros y la imagen de su contrincante se volvió difusa. Un fuerte zumbido se adueñó de su oído izquierdo. Las piernas le flojearon y notó cómo su cuerpo se desvanecía como una pluma. La agente Laine cayó al suelo aturdida y aguantó la caída con los brazos, pero estaba agotada. No veía nada y tampoco entendía qué le pasaba. El rostro de Ponce desapareció por completo.

—Cuando menos te lo esperas, la vida te golpea —comentó Ponce en alguna parte, con un eco que se perdió en la profundidad de su cabeza—. Hay que saber dar, pero es más importante aguantar, Dana...

Pero la agente Laine ya no escuchaba. Sus ojos se cerraron hasta que perdió el conocimiento por completo.

5

Habían cruzado el control de seguridad de la estación de trenes. Ponce le entregó uno de los billetes de papel a su compañera.

Ella lo sujetó y se lo guardó en el bolsillo de la chaqueta. Juntos, formaban una pareja entrañable: él vestido de traje y ella con su aspecto desenfadado de roquera.

—¿Te ha comido la lengua el gato? —preguntó el agente en busca de un poco de conversación—. ¿O no digieres bien las derrotas?

Ella lo miró con desgana. En ocasiones, la presencia de Ponce era como una piedra en el zapato.

—De saberlo, te habría dado el primer golpe en las pelotas.

—Eso va contra el reglamento.

—Pero habríamos terminado antes.

Ponce sonrió.

—Nunca subestimes a tu oponente —respondió cuando caminaban hacia el andén—. Nos pasamos la vida comparándonos con el otro, por encima, por debajo, para hacernos sentir mejor o peor... Eso hace que nuestro estado varíe todo el tiempo y, por ende, nuestra percepción de la realidad.

—¿Te has alineado los chacras esta mañana?

Ponce se dio por vencido y sopló.

—En efecto, una patada en la entrepierna me habría ahorrado

21

aguantarte el resto del día.

Dana se detuvo y puso la mano en el hombro de su compañero antes de subir al vagón. Éste la miró.

—Perdona, no es tu culpa.

—No te lo tomes tan en serio, Laine —respondió Ponce restándole importancia—. Sólo ha sido un combate amistoso.

—No, no es por eso... —comentó ella—. Es por lo que has dicho antes sobre el odio, cuando peleábamos...

—Es por ella, ¿verdad?

Dana se extrañó.

—¿Cómo lo sabes?

—Leí tu informe —respondió. Los pasajeros entraban en el tren. Una azafata les sugirió que subieran—. Escudero me lo enseñó antes de que te incorporaras para la misión de Pototsky. En la entrevista, el psiquiatra dejó constancia por escrito de que tenías una relación complicada con tu madre.

Ella reflexionó preocupada. Recordó el día de la entrevista y el rostro de ese tipo. Creyó haber fingido lo suficiente como para que aquello no fuera relevante.

—¿Decía algo más?

—No, que yo recuerde. ¿Sabes? Con el tiempo, me he dado cuenta de que puedes deshacerte de los vínculos afectivos que te unen a tus amigos de la infancia, a tus compañeros del trabajo, a la gente con la que has vivido anteriormente... —explicó rascándose el mentón—. El tiempo lo cura casi todo. Pero, por mucho que lo intentes, no te desharás del lazo emocional que te ata a tus padres. Más que un lazo, en ocasiones es una maldita soga, como si estuviera agarrada a las entrañas...

Las palabras calaron en la conciencia de la chica. En efecto, para ella su madre era un cepo psicológico al que estaba atrapada desde la infancia. La única forma de deshacerse de él, era

22

desprendiéndose de una parte de sí misma.

—No te falta razón.

—Ya. No suele faltarme. No eres la única persona que carga con mochilas emocionales... De hecho, creo que todos llevamos una —dijo y comprobó la hora—. En fin, subamos. Tanto ejercicio me ha abierto el apetito.

* * *

El vagón de Clase Preferente estaba ocupado hasta la mitad. El AVE que salía de Madrid con destino a Barcelona, iba lleno de turistas, hombres de negocios y personas que viajaban entre las ciudades para realizar tareas concretas.

De los asientos asignados, Dana eligió el que estaba junto a la ventana. Ponce dio un vistazo al vagón, para asegurarse de que no había nada extraño, y se desabrochó el botón inferior de la chaqueta del traje.

El tren de alta velocidad se puso en marcha. Las azafatas sirvieron el desayuno y Ponce se encargó de que les facilitaran la prensa. Con un ejemplar de El País de ese mismo día, pasó las páginas y le mostró una fotografía a la agente.

—Éste es el hombre al que vamos a proteger —murmuró en voz baja, señalando a un sujeto. La fotografía era de uno de los actos públicos del polémico Partido Pirata Español. En ella aparecía un elenco de tres personas.

El portavoz del partido, Miguel Ángel Lirios, un periodista y conocido activista político, especializado en privacidad, ciberseguridad y vigilancia. Lirios tenía un aspecto descuidado, con barba de varios días y una camisa de color blanco ajustada. Su propuesta era fresca, joven y transgresora, razón por la que el partido buscaba alejarse del perfil conservador. A su lado izquierdo le acompañaba Julieta Méndez, la número dos del partido. Una chica, aparentemente, más joven que él, delgada, de pelo oscuro y especialista en sistemas informáticos. Méndez era la cara bonita del partido, pero también uno de los cerebros de la candidatura. Antes de arrancar la campaña electoral, la prensa la había convertido en una heroína por haber declinado la oferta del Estado para trabajar en el CNI. Tras ser la vencedora de un congreso de seguridad informática, proclamándose como la mejor *hacker* de la edición, rechazó la oferta que los servicios de seguridad españoles le habían hecho, para poder dedicarse a la causa política. Para ella, ponerse de lado del CNI era como trabajar contra la libertad.

—Podrías ser tú, ¿no crees?

Dana lo miró con recelo.

—No sé nada de informática.

—Ni tienes la cabeza llena de pájaros... Tiene guasa la situación —comentó Ponce haciendo referencia a la joven promesa de la política—. Hoy haciendo política, mañana pidiendo el Ministerio del Interior...

Finalmente, al otro lado del portavoz, se encontraba Darío Fuentes, el más experimentado y mejor vestido de los tres. Un hombre carismático de cuarenta años con aspecto cuidado, delgado y una mirada que seducía con su silencio. Dana percibió todo aquello sólo con verlo. Era magnético. Sin duda, todo lo que necesitaba el partido para ganarse a los más indecisos.

Fuentes había sido la última incorporación mediática al partido y ocupaba la posición de asesor de Lirios en la campaña. En la fotografía del diario, se podía apreciar sin mucho esfuerzo quién era el cerebro de la campaña: Fuentes sonreía con los ojos abiertos tras sus gafas sin montura, levantando la mano del portavoz con firmeza, enfundado en un jersey negro de cuello vuelto y unos pantalones del mismo color.

Actuaba como una sombra lejana del difunto Steve Jobs.

A pesar de ser un completo desconocido para la sociedad, Fuentes, había trabajado durante tres años como director del departamento de seguridad informática de Telefónica.

—Éste es el peor de todos —señaló Ponce colocando el índice sobre la cara del informático—. Viene de la empresa privada para atacarla desde fuera. Es a él a quien debemos proteger.

—¿Proteger?

Ponce dio un respingo, cerró el diario y lo dejó sobre la bandeja. La azafata sirvió los cafés. El agente le regaló una sonrisa a la mujer y ella lo miró con agrado.

—¿Quiere algo más, señor? —preguntó la azafata sonriente. Dana notó el descarado coqueteo que hubo por parte de ambos—. Un poco de té, un zumo...

—Admiro a las personas que son eficaces en el trabajo —dijo él con voz sentimental—. Y usted, lo es, señorita...

—García.

La agente Laine carraspeó.

Ponce se acercó unos centímetros a la empleada.

—Así está bien, señorita García. Le alcanzaré más tarde, si no le importa.

—Cuando lo necesite, señor.

La mujer se perdió por la puerta que separaba las clases de vagón y, sonriente, Ponce dio un trago a su taza de café.

—¿Se puede saber qué ha sido eso? —preguntó Dana.

—Esa misma cuestión me estaba haciendo yo —respondió él—. ¿Estás celosa, Laine?

—No seas infantil, por favor.

Se reclinó unos centímetros hacia el asiento de su compañera, agarró el vaso de agua y se lo ofreció.

—Toma, te vendrá bien para aclararte la garganta.

Dana no pudo evitar soltar una carcajada. Su compañero, en ocasiones, podía ser un cretino, pero tenía gracia y sabía cómo hacerla reír.

—¿Eres así siempre?

Ponce suspiró y se incorporó en el asiento.

—Volvamos a lo importante y no nos distraigamos, agente —comentó y volvió a mostrar un semblante serio—. Escudero quiere que nos hagamos cargo de Darío Fuentes. Quien dice Escudero, también dice Navarro... Así que las órdenes vienen desde arriba.

—¿Por qué nosotros?

—¿Desde cuándo cuestionas lo que te ordenan? Somos agentes de campo. Es lo propio en esta clase de eventos multitudinarios... y más en Barcelona, con la que está cayendo tras el 1 de octubre... Pero no tienes por qué preocuparte, esta es una maniobra rutinaria, aunque extraoficial —explicó sin demasiada importancia—. Habrá seguridad por todas partes. Estarán los Mossos d'Esquadra, el CNP y, como siempre, nosotros.

—¿Y qué se supone que debemos hacer?

—Esa es la parte más complicada —dijo rascándose el mentón—. Por alguna razón que desconozco, el ministro del Interior quiere reunirse con Fuentes en el Hotel Majestic, después del evento. El hotel está cerca de la Plaça de Catalunya, pero él no es consciente todavía de su cita.

—Entiendo que es un asunto confidencial.

—Ya te lo he dicho. Extraoficial —aclaró—. De ahí que la discreción sea máxima. Nadie puede reconocernos... Supongo que Fuentes entrará en razón tan pronto como nos vea. De primeras, nadie quiere llevarse mal con quien conoce todos los secretos de cada persona.

—Eso es lo que la gente cree.

—Y es lo que debe seguir creyendo —sentenció tajante sin derecho a réplica. Ponce se apartó unos centímetros y buscó con la mirada a la azafata que le había atendido antes, pero no la encontró—. Las épocas de campaña electoral son así. Te acostumbrarás con el tiempo. Al final, acabas viendo lo que antes pasaba desapercibido a los ojos.

—¿Sí? —preguntó desairada—. ¿Como qué, Ponce?

Una bandeja móvil apareció al otro lado del pasillo. Detrás iba la azafata, empujando las ruedas.

Ponce sonrió y miró a su compañera.

—Los viajes en tren... por ponerte un ejemplo.

alighted (apearse)

6

Cuando se apearon del vagón en la estación de Sants, la Ciudad Condal los recibió con una primaveral y húmeda brisa mediterránea. El sol del mediodía picaba en las espaldas de los agentes, que no tardaron en abandonar los andenes en busca de sombra. El interior de la estación era un hormiguero humano de turistas extranjeros y nacionales, delincuentes y vagabundos. En el exterior, los taxis negros y amarillos esperaban frente a la Plaça dels Països Catalans, una enorme y desértica explanada de cemento, sin arbolado ni jardines, y protegida por una gran cubierta horizontal.

—Hora de trabajar —dijo Ponce deseando salir de allí.

Subieron al primer taxi que se les ofreció y el conductor se incorporó a la avenida de Roma para llevarlos a la dirección que el agente le había dado. El taxista, con fuerte de acento del sur, escuchaba la radio por las noticias, que informaban del popular evento que se celebraría en unas horas. Los agentes, en silencio, aguardaron sin intercambiar palabra hasta llegar al destino.

—Menuda se va a montar con esta gente, ¿verdad? —comentó el conductor, en busca de una conversación liviana que aligerara el trayecto—. La campaña acaba de empezar y a los jóvenes les ha dado fuerte por ellos... ¡Y qué van a saber! Ni siquiera han dicho qué van a hacer con los autónomos...

Ponce miró a la compañera mientras el conductor continuaba en su monólogo personal. Por supuesto, para el agente, ninguna de las cabezas del Partido Pirata se había pronunciado sobre lo que incluiría el programa electoral. Ni siquiera «La Casa» temía por la irrupción de aquel trío de guiñol en la política. Su única misión era la de hacer todo el ruido que pudieran, conseguir una bancada en el congreso y aguantarla durante los cuatro años que duraba la legislatura. El problema no radicaba en su presencia, sino en los intereses que había tras ellos.

Ponce estaba al tanto de los acontecimientos, a pesar de que la investigación de aquellos nombres no hubiese recaído sobre él. A medida que el vehículo se incorporaba al carrer de València, el entorno cambió de color y de aroma.

Los edificios de oficinas y bloques de viviendas fueron reemplazados por los amplios balcones y las fachadas decimonónicas del Eixample barcelonés. Dana observaba la ciudad desde su asiento. El desarrollo urbanístico de principios del siglo XX había convertido el ensanche en un entramado cuadriculado de cruces de calles y edificios enfrentados, por los que parecía fácil despistarse. No era la primera vez que la agente visitaba Barcelona, aunque en ninguno de sus viajes había prestado atención a los detalles. Conforme se acercaron a la gran plaza, en los bajos de los edificios se podían encontrar establecimientos variopintos, restaurantes clásicos y modernos, bares de moda y cafeterías que copiaban las tendencias que inundaban las capitales europeas... Los ciclomotores italianos se apilaban en las zonas de aparcamiento. Algunos ciclistas provocaban el caos al pasar entre los vehículos que conducían por encima de la velocidad permitida. Ponce miraba con desapruebo la actitud del taxista, que parecía más concentrado en sus ideas que en el volante.

Finalmente, cuando el conductor atravesó el carrer de Pelayo, la muchedumbre se dejó ver a la altura de la Rambla. Por desgracia, la fama de la ciudad mediterránea también tenía su lado menos amable. Las hordas de turistas deambulaban con lentitud por los pasos de peatones. Los mangantes huían de los mossos con sus botines, escurriéndose como culebras por los callejones del Raval. Al comienzo de la bajada, los taxis bicolores se abrían hueco entre la multitud, atascando el corazón de una ciudad que no soportaba más gente. Para más inri, un enorme escenario con música recibía a los simpatizantes que, poco a poco, se agrupaban por los alrededores de la céntrica plaza, sin importarles el hastío del sol, para asistir al comienzo de campaña.

—Por Dios... No cabe un alfiler —comentó el taxista molesto por la presencia humana que se cruzaba en su camino—. ¿Va bien aquí?

Desde su ventanilla, el agente Ponce vislumbró la terraza del histórico Café Zurich. Después miró el taxímetro, sacó un billete de veinte euros y se lo entregó al conductor. Sin mentar palabra, abrió la puerta y se bajó del vehículo.

—¡Ponce, espera! —bramó la agente y se despidió del taxista.

El compañero, que parecía ansioso por llegar al encuentro, cruzó entre los coches al ritmo del claxon. Cuando llegaron al otro lado de la calzada, Dana lo agarró por el brazo.

—¿Se puede saber qué te pasa?

Ponce resopló.

—El caos me pone de los nervios —dijo limpiándose el sudor de la cara—. Además, odio este aire pegajoso...

—Tranquilízate, ¿quieres? Nos quedan unas cuantas horas por delante.

El agente la miró y se quedó pensativo.

—Tienes razón, Laine.

Sus ojos permanecieron en ella.

—¿Por qué me miras así ahora? ¿Me he perdido algo?

El agente murmuró y dibujó en su rostro una mueca.

—En absoluto... Durante un instante, me he sentido mal por haberte tumbado esta mañana —explicó con una sonrisa—, pero ya se me ha pasado. Ahora, movámonos. Me muero por escuchar lo que van a decir estos tipejos...

7

Bordearon la plaza y entraron en El Corte Inglés, una conocida marca de centros comerciales españoles que se encontraban repartidos por todos los puntos del país. El edificio gris, de forma ovalada, contaba con siete plantas de altura y ocupaba la calle de extremo a extremo.

—Detesto los centros comerciales —comentó Ponce mientras subían las escaleras mecánicas que los llevaban a la última planta—. Están concebidos para comprar.

—¿Y qué tiene de malo eso? —preguntó la agente mirando a los clientes desde los escalones.

—Ese es el problema... que somos incapaces de verlo.

Cuando alcanzaron la última planta, buscaron a uno de los encargados y se identificaron para que les dieran acceso a la azotea. El empleado, Joan, un hombre cercano a la jubilación, les atendió amablemente y los llevó hasta la última escalera.

Para sorpresa de los agentes, en lo alto del edificio, no iban a estar solos viendo el espectáculo. Dos francotiradores se preparaban en las esquinas de la terraza. Una pareja del CNP, formada por un hombre y una mujer, divisaba la plaza a la espera de órdenes.

—¿Qué es todo esto? —preguntó Ponce al observar el despliegue.

La pareja de policías advirtió la presencia de los agentes. La mujer se acercó a ellos.

—¿Quiénes son ustedes?

—Inteligencia —contestó Ponce levantando los hombros y metiendo las manos en los bolsillos del pantalón—. Agente Ponce y agente Laine.   *Nere: record(?)*

La mujer sospechó durante unos segundos de su presencia.

—No teníamos constancia de que el CNI estaría aquí —comentó mirando a la agente Laine con desapruebo—. Soy la comandante Puig y él es el inspector Torres.

Dana echó un vistazo a las azoteas de los alrededores. Todas estaban ocupadas y repletas de gente. Lo mismo sucedía en los balcones. El acto era más importante de lo que había supuesto en un principio. Nada debía salir mal. Por el bien de ella y por el del resto de efectivos.

—¿Se sorprende, agente? —preguntó la comandante—. Tal vez necesite un café. Parece que todavía no se ha dado cuenta de lo que estamos haciendo aquí.

Las palabras hostiles de esa mujer no surtieron efecto en Dana. A pesar de que ambas trabajaban por la seguridad del Estado, no siempre existía una armonía entre ambos cuerpos. De sobra eran conocidos los episodios en los que el CNI, con tal de evitar un escándalo que pusiera en evidencia algunos aspectos, se había saltado el código ético que la Policía respetaba. Y eso no sentaba nada bien. Para el CNP, la Inteligencia era como ese hermano pequeño al que se le consentía todo: con menos responsabilidades, pero disfrutando de una mejor paga.

—¿Cuáles son sus órdenes, comandante? —preguntó Ponce centrándose en lo que realmente importaba—. ¿Por qué hay francotiradores en cada esquina? Ni siquiera existe una alerta terrorista.

La comandante Puig tenía los ojos claros y el cabello castaño. Su mirada, castigada por el desgaste de la calle, era fría y distante. En ningún momento se esforzó por disimular el desagrado que le provocaba tenerlos allí, pero a la pareja de agentes tampoco les importaba demasiado lo que esa mujer sintiera al respecto.

—Agente, es un acto político —explicó como si fuera algo obvio—. No sabemos todavía a lo que nos enfrentamos. Probablemente, no sea nada, pero hay que tomar precauciones. La sociedad se ha radicalizado en los últimos meses y hay mucho desalmado provocando el caos para generar más odio innecesario. Para estas cosas, los actos, como el de hoy, son uno de los mejores escenarios.

—Entiendo.

—Hay dos francotiradores vigilando cualquier movimiento en cada una de las azoteas que rodean la plaza —prosiguió, ahora señalando a los edificios—. Varios furgones bloquean los aledaños, en caso de que se produzca un ataque y exista riesgo de fuga. Una decena de nuestros hombres está infiltrada entre los asistentes al mitin.

—Sin contar con los Mossos d'Esquadra —agregó Ponce.

—Al contrario, contamos con ellos, estamos juntos en esto... —respondió y lo miró con desdén—. ¿Sabe? Ahora, lo único que prima es la vida y seguridad de quienes están ahí abajo, y eso está por encima de cualquier otro interés político. Somos profesionales.

La afilada respuesta no tuvo efecto alguno en la actitud de Ponce. Para él, era muy hermoso aquello de tener ideales, de cumplir con una ética de trabajo, pero su oficio era distinto. No le pagaban por aplaudir a otros compañeros, sino por rendir cuentas a quienes estaban por encima. Su labor estaba bien definida: cumplir órdenes y neutralizar a todo aquel o aquello que supusiera una amenaza para el Estado.

—Si no le importa, nos quedaremos por aquí... —comentó mirando a su compañera—. Hagan lo que tengan que hacer, como si no estuviéramos.

—Pónganse cómodos... —dijo la comandante Puig y miró al inspector—. Por cierto, ¿qué hace el CNI aquí, agente?

Ponce frunció el ceño.

—Como si no estuviéramos, comandante.

—Por supuesto —respondió la mujer con una sonrisa irónica y le dio la espalda. La pareja de policías se acercó al límite de la terraza.

Dana y Ponce se quedaron atrás.

—No me gusta esto, Ponce —comentó Dana en voz baja—. Se suponía que Navarro les había puesto al tanto.

—A mí, quien no me gusta es ella —contestó mirándola con los ojos entornados—. En fin, no le des más vueltas. ¿Entiendes qué nos diferencia de ellos? Que no necesitamos saberlo todo para hacer nuestro trabajo con eficacia.

Una fuerte ovación se escuchó desde el interior de la plaza.

Ponce y Dana se dejaron guiar por el estallido de aplausos y voces que gritaban con la llegada de los representantes de la formación política. A medida que se acercaban a la azotea, pudieron ver la multitud que había llenado la Plaça de Catalunya en menos de una hora. El escenario se encontraba en el centro, dejando libre la mitad del recinto, lugar por donde entraba y salía el equipo que se había encargado de preparar el acto. Las banderas negras ondeaban en el aire y las cabezas de los asistentes se apretaban como cerillas, formando una caja de fósforos humanos altamente inflamables. La expectación era alta. Decenas de manos levantaban pancartas a favor de la libertad de expresión en la red. Los reporteros y fotógrafos de prensa se apilaban por los alrededores en busca de la instantánea perfecta. La juventud respiraba esperanza.

Demasiado bonito para ser real, pensó Dana.

Primero entró el portavoz, después la número dos del partido y, finalmente, allí estaba él, el hombre de negro.

—Todos en posición —ordenó la comandante por radio.

Ponce y Laine se miraron.

Los francotiradores apuntaron en una sola dirección.

Darío Fuentes había subido al escenario.

8

praised

Alabado por el público, Fuentes cumplía con su cometido: hipnotizar al público para dar paso al portavoz del partido, la persona que realmente merecía toda la atención.

Pasados veinte minutos, el informático se retiró tras levantar el brazo de sus dos compañeros y bajo una coordinada ovación de la audiencia que tenía delante.

Aquel hombre era lo más parecido a un conferenciante de seminarios de autoayuda. Y lo mejor de todo era que el público creía en él.

—Un auténtico vendedor de humo con cara de excéntrico —dijo Ponce mientras observaba el fin de su presentación—. Es hora de largarse, Laine.

La pareja de agentes desapareció de la azotea, antes de que la comandante Puig se diera cuenta de ello. Abandonaron el centro comercial a toda prisa, abriéndose paso entre los clientes que entorpecían su camino.

Tal y como Ponce había explicado, debían alcanzar al informático antes de que la prensa se abalanzara sobre él. No podían dejar rastros, ni tampoco mostrar su cara antes las cámaras. Ellos, simplemente, nunca habían estado allí. Un BMW negro les esperaría junto a la parada de taxi que había frente al centro comercial.

Al salir al exterior, se toparon con la realidad. La muchedumbre condensada y heterogénea que se veía desde lo alto, ahora se convertía en una masa uniforme difícil de mover. La única opción que tenían era la de bordear la plaza, para llegar a la parte trasera del escenario. Así y todo, no sería fácil alcanzar a Fuentes sin cruzar por delante de las cámaras de televisión y los objetivos de las agencias de prensa.

El asesor de la agrupación política seguía en el escenario, dispuesto a abandonarlo para dejar a sus compañeros proseguir con el acto.

Gracias a su altura, Ponce dio un vistazo por encima de las cabezas que tenía delante.

—Se me ocurre algo —dijo con voz seria, tensando la mandíbula. Se quitó la chaqueta del traje y se la entregó a su compañera. Un vendedor ambulante pasó por delante de ellos. Sin preguntarle por el precio, Ponce le entregó diez euros a cambio de una gorra y unas gafas de sol baratas, para después ponérselas encima—. Mejor así, ¿no?

Dana se rio, aunque Ponce hablaba en serio. Era un tipo gracioso, pensó.

Camuflado, el agente se abrió paso en diagonal entre los asistentes, apartándolos con la mano para que la agente Dana pudiera seguir la senda. En la parte trasera, donde las vallas separaban el escenario de la multitud, los agentes saltaron por encima y se acercaron a las escaleras de madera que bajaban de la plataforma. Antes de que los miembros del servicio de seguridad se echaran sobre ellos, Darío Fuentes percibió su llegada e hizo un gesto para que los dejaran en paz.

—Señor Fuentes —dijo Ponce quitándose las gafas, aunque manteniendo la gorra negra que llevaba escrito BARCELONA en letras rojas y amarillas—, nos gustaría que nos acompañara al

Majestic.

Darío Fuentes, que de cerca parecía aún más extravagante, clavó sus ojos en Dana, tras los cristales redondos de las gafas de alambre, y sonrió. De algún modo, los dos agentes eran conscientes de que el informático había sido advertido del encuentro.

—Claro, como digan —respondió con voz amable. Luego miró hacia atrás, hacia al escenario. Estableció contacto visual con sus compañeros de la organización. Un chico con el cabello ensortijado y un poco de sobrepeso avisó a Julieta Méndez desde abajo del escenario. La número dos del partido, que ahora aplaudía tras las palabras del portavoz, se giró y miró a Fuentes. El informático asintió con la cabeza para indicarle que no pasaba nada. La mujer asintió y regresó el mitin—. En marcha.

Con Ponce a la cabeza y Dana cubriéndole las espaldas, los tres abandonaron los aledaños de la plaza en cuestión de segundos. Subieron al vehículo que los esperaba y el motor se puso en marcha. Ponce iba junto al conductor, que era un chófer contratado por el CNI para la ocasión.

En la parte trasera, junto al *hacker*, Dana se aseguraba de que nadie se acercara al vehículo.

—Al Hotel Majestic, ¿verdad? —preguntó el conductor.

—Sí —contestó Ponce quitándose aquella ridícula gorra.

Darío Fuentes parecía tranquilo. Llevaba un reloj Garmin oscuro, como los que se habían puesto de moda entre atletas y corredores para llevar el ritmo de sus carreras, y un conjunto de jersey y pantalones negros. Formaba parte de su simbología, tal vez porque estuviera obsesionado con el minimalismo o quizá porque tuviera alguna tendencia musical con tintes oscuros. Dana se fijó en su rostro, limpio e imberbe, que, a diferencia del de Ponce, estaba ausente de esa sombra grisácea o azulada que aparecía en la piel tras años de afeitado.

El coche continuó en línea recta, incorporándose a la vía que le permitió adentrase en el Passeig de Gràcia, uno de los paseos más señoriales y caros de la ciudad, lugar de recreo de la burguesía de finales del siglo XIX. Allí estaba todo lo que condensaba la esencia de la cultura barcelonesa: la impronta de Gaudí, de Puig i Cadafalch, de Domènech i Montaner... Ponce, en silencio y con semblante serio, vigilaba ambos lados de la calle. Dana, por su parte, contemplaba la belleza de aquella avenida.

Lo más difícil ya había terminado. El paso entre el barrio de Gràcia con la Plaça de Catalunya se convertía en un escaparate de arte donde se concentraban los mejores edificios modernistas de la ciudad.

—¿Son del CNI? —preguntó el informático. El chófer miró de reojo. Ninguno de los dos agentes respondió a la pregunta y Fuentes levantó las manos unos centímetros de sus piernas, para mostrar entendimiento—. Vale, vale... Mensaje recibido.

Preocupado, Ponce le entregó la gorra.

—Ponte eso. Te hará más falta que a mí.

El informático miró al accesorio.

—¿Qué? No, no pienso ponerme una gorra.

—No te lo he preguntado —respondió el agente con voz autoritaria—. Es una orden.

A regañadientes, el *hacker* se colocó la prenda negra y miró a Dana.

—¿Me queda bien?

Ella intentó aguantar la mirada seria y profesional.

—No te va mal.

El tráfico de la arteria urbana era denso. Nada nuevo en una parte de la ciudad por la que pasaban miles de vehículos a diario, a pesar del esfuerzo que el Ayuntamiento hacía para reducir el tráfico urbano. Las motocicletas zigzagueaban entre los vehículos para adelantar algunos metros. Los ciclistas pedaleaban por sus carriles con una velocidad de relámpago.

Cruzaron la fuente monumental tras una breve retención y se detuvieron en el semáforo que comunicaba con el carrer d'Aragó. Al costado izquierdo del vehículo quedaba la fachada de la casa Batlló, el famoso edificio modernista de Gaudí, ahora convertido en un museo.

—Preparaos —comentó Ponce estirando los brazos—, estamos llegando.

El tráfico no avanzaba. Los segundos transcurrían lentos, como si fueran minutos.

Distraída, Dana notó un reflejo y algo se movió rápido al otro lado del cristal. Dos repartidores en bicicleta se colocaron a ambos lados del coche, con la mochila amarilla de Glovo a sus espaldas. A lo lejos, un tercer repartidor de otra compañía cruzó el carril bici como una bala.

Entonces, la agente entendió que algo no encajaba en esa imagen.

* * *

Antes de que Ponce y Laine reaccionaran, los repartidores dispararon a quemarropa contra el interior el coche. Se escucharon dos fuertes explosiones seguidas. El primer impacto reventó la ventana trasera, atravesando el pecho del informático.

Ponce se echó a un lado del asiento. El segundo tiro atravesó la ventanilla y alcanzó al conductor, que perdió la vida en ese mismo instante. La cabeza del chófer cayó sobre el volante. En medio de la confusión, el corazón de Dana latía al borde del

Christ!

colapso. Un fuerte zumbido la había dejado sorda de un oído y sus manos estaban cubiertas de pequeños cristales.

—¡Ponce! —gritó con los ojos cerrados.

—¡Joder! —bramó el agente—. ¡Me cago en todo!

Dana abrió la puerta para sorprender a su atacante, cuando vio el cañón de la Glock apuntando hacia ella.

—¡Ni un pasito! —exclamó una voz femenina con acento latino. Dana levantó las manos. La desconocida tenía la cara cubierta por el casco y una máscara que le ocultaba medio rostro. Después se dirigió al otro asaltante—. ¡Dale, cabrón! ¡Sácalo!

El agente Ponce se quedó inmóvil en la parte delantera. Tal vez así, pensarían que estaba muerto. Dana temblaba de miedo e impotencia. La mirada oscura de esa mujer se clavaba en sus ojos. La mano firme le apuntaba hacia el corazón, sin dudas para disparar en el instante que cometiera una estupidez. El segundo repartidor abrió la puerta y vio a Darío Fuentes, que ya estaba muerto y desangrado. Con sigilo, Ponce acercó su mano a la pistola.

Cuando el asaltante intentó agarrar la muñeca del cadáver, el agente lo encañonó.

—¡Hijo de puta! —gritó el desconocido.

La mujer que había fuera, disparó. Dana cerró los ojos, pero la bala había impactado contra la rueda delantera. Esa mujer no quiso herirla, sino confundir a su compañero. Ponce, sorprendido, se echó sobre el asiento.

El asaltante reculó y ambos huyeron de allí.

—¿Estás bien, Ponce? —preguntó Laine acercándose a su puerta. Enfadado, el agente se bajó del vehículo.

—¡Corre, maldita sea! ¡Corre tras ellos!

Dana buscó la bicicleta entre la multitud, pero no logró identificarla.

Corrió en dirección a la calle por la que la había visto marchar, abriéndose paso forzosamente entre los transeúntes y los ciclistas que se cruzaban por su camino.

Los testigos la miraban desconcertados. Los más miedosos, caminaban despavoridos en dirección contraria. Finalmente, los ciclistas se mezclaron con la multitud y desaparecieron. Se escuchó una sirena de policía a lo lejos. Las bocinas de los vehículos aumentaban los decibelios en la avenida. Los gritos de los testigos se mezclaron con la impaciencia de los conductores que se acababan de incorporar a la carretera, desconociendo lo que había sucedido.

Ponce miró hacia la parte trasera del vehículo y encontró al informático con los ojos abiertos y la mano derecha sobre la herida. Al comprobar que lo habían perdido, cerró los ojos, lleno de rabia, y blasfemó con todas sus fuerzas. Después abrió la puerta y salió del vehículo.

—¿Estás herida? —preguntó Ponce preocupado cuando se encontró con su compañera. Por primera vez, la agente vio, en el rostro de ese hombre, la mirada de alguien angustiado. Ella negó con la cabeza. Miraron al frente, pero los repartidores de comida se multiplicaban por el carril para ciclistas que cruzaba ambos lados del paseo—. Abortamos la misión.

—¿Qué ha sido eso, Ponce? —preguntó Dana sobrecogida, intentado recuperarse del susto.

—Una jodida encerrona... —respondió con la mandíbula tensa.

Los testigos los observaban desde la distancia. Alguien pagaría las consecuencias de la muerte de ese hombre y ellos encabezaban la lista de candidatos—. Salgamos de aquí antes de que tengamos que dar explicaciones.

9

La niña se agarró con fuerza al caballo. Aquella habitación le parecía más grande y fría que nunca.

—Sé fuerte... —susurró la pequeña apoyada contra la pared, recordando las palabras que su madre le había dicho segundos antes.

Las diminutas piernas le temblaron. Estaba nerviosa, las lágrimas se escapaban de los ojos y no conseguía asimilar lo que su cuerpo intentaba transmitirle. Era demasiado pequeña para digerir la situación y entender que su madre no volvería a por ella.

Al otro lado de la habitación, se escucharon voces desconocidas para ella. Eran hombres. Murmuraban algo ininteligible. Un fuerte estruendo cerró la puerta de la vivienda. Su madre acababa de salir. Estaba en peligro, debía advertirle de que la estaban buscando. Entonces, a lo lejos, la niña sintió varias explosiones. No aguantó más.

—¡Mamá! —gritó a pleno pulmón, pero nadie respondió a la súplica.

Abrió la puerta y corrió hacia la entrada.

—¡Mamá! —exclamó de nuevo, en busca de una contestación de alivio.

La criatura no supo dónde meterse y el salón del apartamento se transformó en una jaula sin oxígeno para ella. Entonces, alguien introdujo la llave en la cerradura. Apretó el caballo con todas sus fuerzas. Los latidos de su diminuto corazón le retumbaron en la garganta.

Cuando la puerta se abrió, escuchó unos tacones y la respiración jadeante de una persona que parecía agotada. Lo primero que reconoció fue el perfume. Era su madre y había vuelto a por ella.

Sus ojos se iluminaron, hasta que la puerta se abrió del todo y vio los cuerpos de dos hombres en el suelo, bañados sobre un charco de sangre.

—¿Qué pasa, mamá? —preguntó desconcertada.

—¡Dana! Por Dios... —respondió como si se tratara de una situación comprometida—. ¡Te he dicho que no salieras de tu cuarto! ¿Qué diablos no entiendes?

Estaba realmente enfadada con ella. Lo sabía porque, cuando perdía la paciencia, llenaba su vocabulario de palabras malsonantes.

La pequeña se quedó sin voz al comprender que esos dos hombres estaban muertos.

—¡Apártate! ¡Siempre en medio! —exclamó, apartándola hacia un lado, buscando la manera de calmarse. La mujer reflexionó durante unos segundos, abrió la puerta y regresó a la entrada para arrastrar los cadáveres al interior del apartamento. La niña observaba en silencio. Era una situación desagradable. La mujer tiró con esfuerzo de los brazos de uno de los cadáveres. Por un lado, la pequeña Dana quería ayudarla pero, por otro, sabía que eso estaba muy mal.

Cuando terminó, la mujer se acercó a la niña.

—Dana, escúchame con atención —dijo sujetándole el rostro con las dos manos—. Estos dos hombres querían hacernos daño a las dos. No he tenido más remedio. ¿Lo entiendes?

—¿Por qué nos querían lastimar, mamá?

—Eres muy pequeña para entenderlo —respondió con un tono maternal—. Estaba defendiendo nuestras vidas. Nos estaba protegiendo a las dos, y eso es lo que importa.

—¿Vas a llamar a la Policía? —preguntó con ingenuidad.

La madre apretó los labios y guardó silencio por unos segundos. Después le regaló una falsa sonrisa.

—Sí, pequeña. La Policía está en camino, pero mamá se tiene que marchar ahora —explicó acariciándola por última vez—. Tienes que prometerme algo. Una promesa, es lo último que te pido.

—Pero, mamá...

—Sólo quiero protegerte, Dana. No quiero que te hagan daño.

—No te vayas...

—Cuando te pregunten los agentes, diles que no viste nada. Que estabas en tu cuarto con tu caballo.

—Pero, mamá... Eso es mentir... —dijo mirando al suelo—. Yo no soy una mentirosa. La gente que miente va al infierno...

La madre le sujetó el mentón con el índice y le levantó la mirada.

—Mírame —ordenó con voz firme y la hija obedeció—. Tú no eres una mentirosa. Sólo nos estás protegiendo de las personas que nos quieren hacer daño, como yo nos protejo a las dos. Eres muy pequeña, Dana, para encontrar una lógica en todo esto pero, cuando seas una mujer, comprenderás que hice lo correcto por el bien de las dos.

Sus ojos se derritieron. Sabía que la niña tenía un montón de preguntas por hacer, antes de que se marchara. Pero no podía darle esa oportunidad.

Con un beso en la frente, la acompañó hasta su cuarto y salió del apartamento.

De fondo, se escucharon las sirenas de un coche patrulla.

10

Un frenazo la sacó de la pesadilla. Tenía la boca seca, la saliva pastosa, estaba aturdida y le dolía el cuello.

—La bella durmiente despierta... —dijo Ponce con las manos sobre el volante, al verla abrir los ojos en el asiento del copiloto. Llevaba las gafas de sol puestas y también la chaqueta del traje. El vehículo era un SUV Nissan con el techo de cristal. Frente a ellos sólo había una larga y desértica autopista—. Pensé que tendría que besarte para que salieras del trance.

Las imágenes le ayudaron a recordar.

Tras el asalto, Ponce tomó las riendas del resto de la operación, si es que no lo había hecho ya antes de comenzar. Dado que la muerte de Darío Fuentes había disparado las alarmas, no tuvieron otra opción que abandonar la ciudad lo antes posible. El cordón policial bloqueó las salidas en cuestión de horas. Regresar en tren era una idea inconcebible. A esas alturas, los Mossos y la Policía custodiarían la entrada de los pasajeros y, a pesar de ser agentes, lo último que necesitaban era explicar qué hacían allí.

Por tanto, Ponce tomó la alternativa más rápida.

Un taxi los llevó hasta el aeropuerto de El Prat. Alquilaron un vehículo, tomaron la AP-2 hasta Zaragoza y, desde allí, se incorporaron a la autovía que iba directa a la capital.

—¡Uf! —exclamó y se frotó los ojos. El pulso comenzó a menguar su ritmo. Después se tocó la frente y sopló—. Por un momento, pensé que...

—Estamos entrando en Madrid —comentó el agente, interrumpiendo la explicación para que no le diera más detalles. En el fondo, se lo agradecería. Era consciente de que su compañera podía seguir conmocionada por lo ocurrido en Barcelona. Era la segunda vez, en menos de un año, que se las veía con el destino y todavía seguía un poco verde en las tareas de campo. A pesar de ello, admiraba su actitud. Dana apuntaba maneras—. Escudero nos espera en «La Casa». Me temo que no está de humor.

—Debería pasar por mi apartamento antes y cambiarme de ropa.

—Lo lamento, pero no tenemos tiempo —contestó tajante—. Iremos directos al trabajo. Es una urgencia.

Dana no respondió. Prefirió dejar la conversación así. En el fondo, Ponce se había hecho cargo de ella durante las cinco horas y media del trayecto, sin queja alguna, sin necesidad de parar para que le diera el aire.

—Está bien.

El reloj del coche marcaba las ocho y media de la tarde. Había anochecido casi por completo. Él la miró por el rabillo del ojo.

—¿Te pasa a menudo?

La agente Laine se sentó recta.

—¿El qué? —preguntó ruborizada—. ¿A qué te refieres?

—Las pesadillas... —contestó—, que si las tienes con frecuencia.

Ella agitó la cabeza.

—¿Có-cómo lo sabes?

—Maldita sea, Laine —replicó y puso la mano sobre la palanca de cambio—. Te has pasado las cinco horas moviéndote como _obstinate_

la niña de _El Exorcista_. Algo tendría que estar pasando, ¿no?

Ella se tapó la cara, avergonzada.

—Ha sido un mal sueño —explicó. El calor subió por su cuello—. ¿También he hablado?

—¿Eh? Bueno, algo. No sé muy bien de qué... Deberías ponerte en manos de profesionales. ¿Has pensado en ir a terapia?

—¿Ir a terapia porque tengo pesadillas?

—No, no seas terca. Sabes que no me refiero a eso, Laine.

—Entonces, ¿de qué demonios estás hablando ahora, Ponce?

—Vaya, vaya. Sacas el carácter... Me preguntaba cuándo saldría —respondió con una sonrisa pícara y volvió a ponerse serio. El vehículo atravesó la M-30. El entorno de edificios, arboledas y farolillos de colores volvía a ser familiar—. Me refiero a tu madre, el problema que tienes... Es evidente que llevas algo ahí dentro sin solucionar... y eso te vuelve débil, como esta mañana, durante el combate. Hazme caso, sé de lo que hablo. La terapia te vendría bien. A mí me sirvió de mucho.

—Esto sí que es una sorpresa.

—Te lo estoy diciendo en serio, Laine —insistió. De algún modo, quería ayudarla, aunque su compañera no estuviera por la labor de entrar en razón—. Hablarle en voz alta a un desconocido sobre la mierda que llevas dentro, ayuda a dormir mejor.

Ponce se abría a ella, pero la agente Laine no estaba de humor.

—De verdad, agradezco tu interés, pero no, gracias —respondió y se cruzó de brazos. Después volteó la cara hacia el lado de la ventana—. Son pesadillas, no significan nada. No necesito ver a ningún terapeuta que me diga cómo me tengo que sentir. Hace años que lo he asimilado.

Ponce llenó los pulmones con cierta molestia y después exhaló todo el aire por la nariz.

—Como veas —dijo y encendió la radio—. En cualquier caso, si necesitas desahogarte, no hace falta que vayas a un loquero. Puedes contar conmigo para calentarte las costillas.

Dana apreció el esfuerzo, pero respondió con silencio aguantando la mirada sobre la ventanilla lateral. Le resultaba doloroso pronunciarse al respecto. Lo último que deseaba era reconocer que no había superado el trauma que arrastraba desde la niñez. Una relación tóxica, dirían algunas personas. Para ella, una piedra en el camino que la había marcado desde el principio y que, ahora, le impedía ser feliz.

El agente tomó la salida que llevaba a las instalaciones del Centro Nacional de Inteligencia. A lo lejos se podían ver las azoteas de algunos edificios. Por los altavoces, Lou Reed cantaba *Take a walk on the wild side.*

caused a spill?

11

A la salida del ascensor, un hombre alto y delgado, vestido de traje azul marino, con el cabello corto como un cepillo y la mirada seria, observaba por la ventana el exterior del edificio. Ponce y Dana cruzaron un vistazo fugaz con él y después se miraron dubitativos. La agente pensó que, tal vez, después de lo ocurrido en Barcelona, el departamento estuviera sufriendo una crisis. Y no era para menos. El asesinato de Darío Fuentes había dado un vuelco a la opinión pública.

—Quiero una explicación detallada sobre lo que ha sucedido —ordenó Martina Escudero, la agente al mando de la división para la que trabajaban los agentes Ponce y Laine. Siempre seria, fría y distante—. Más vale que se dejen los rodeos para otra ocasión, ¿entendido?

—Por supuesto, agente —respondió Ponce, adelantándose en nombre de los dos—. El operativo ha fracasado porque no esperábamos que ocurriera algo así.

—Para eso les he mandado, agente Ponce —contestó afectada y decepcionada por la actitud del subordinado. En el fondo, ella era la responsable y quien pagaba los errores que cometía su equipo—. Parece mentira. ¿Es usted nuevo? Las órdenes eran claras. El señor Fuentes debía llegar a su cita con el Ministro del Interior en la sala de reuniones del Hotel Majestic. Siete malditos minutos en coche desde la Plaza de Cataluña.

—Pero, señora...

—No hay peros.

—Hemos sido asaltados por dos individuos —dijo la agente Laine, respaldando a su compañero—. El CNP no estaba al tanto de nuestra presencia. Cumplimos con la palabra de pasar desapercibidos y casi pierde a dos agentes en el interior del coche.

—¿Dos individuos?

—Así es, señora.

Las palabras cargadas de resentimiento provocaron una reacción en la jefa. La mujer tensó los brazos, apoyó los puños sobre la madera del escritorio y levantó los talones unos centímetros del suelo. Su rostro de estupor y ofensa parecía a punto de estallar.

—¿Intenta decirme algo, agente Laine? —preguntó con voz suave, expectante a la respuesta para devolverle un revés verbal.

Ponce suspiró. Dana intentó recular. Estaba a punto de abrir las puertas del averno.

—No estábamos al corriente de que el señor Fuentes pudiera ser un objetivo.

—¿Conoce su trabajo, agente Laine? —cuestionó con severidad. No era un buen día para nadie—. ¿Es consciente de los riesgos a los que se expone? Tiene suerte de que nadie los haya reconocido.

—Señora... —interrumpió el agente—, uno de los sujetos, apuntó al corazón de la agente. Es un milagro que siga con vida.

Escudero escuchó la excusa, pero no le sirvió para subsanar el estrés que acumulaba en el cuerpo. Miró fijamente a la agente, que seguía de pie, inmóvil, a la espera de una explicación. Después se fijó en su vestimenta.

—¿A qué se debe ese uniforme? —preguntó señalándola con el índice—. ¿También ha olvidado las normas que rigen este centro?

En realidad, a Escudero no le importaba la ropa que Dana llevara en ese momento. Existía un código dentro del edificio, pero los agentes eran los primeros que debían mantener una apariencia normal, fuera de las instalaciones, en función de la tarea que estuvieran desempeñando.

Sólo quería hacerla sentir mal y, atacando su apariencia física, pareció conseguirlo. Antes de que la novata pudiera explicarse, alguien tocó a la puerta desde el exterior.

Los dos agentes, que estaban de espaldas, se giraron.

—Lamento interrumpir... —dijo Arturo Navarro, el jefe de Subdirección de Contrainteligencia. Junto a él, también entró en el despacho el hombre que minutos antes esperaba fuera—. Agentes, tengo el gusto de presentarles al agente Jacob Berlinger, de la INTERPOL.

Ponce estrechó la mirada. Tan rápido como el superior hubo mencionado las siglas de la agencia internacional, Dana percibió que a su compañero le incomodaba la presencia de aquel hombre.

—Un honor —dijo Escudero en nombre del resto. Ella tampoco lo esperaba. Todos sintieron el vacío informativo que existía entre los altos mandos. Dana se preguntó qué hacía un hombre de la INTERPOL allí. Probablemente, Darío Fuentes fuera algo más que un simple *hacker*—. Los agentes Laine y Ponce me estaban poniendo al tanto de los hechos de hace unas horas en Barcelona.

—Una catástrofe —dijo el extranjero con un pulido acento castellano—. ¿Han traído el cadáver de ese hombre de vuelta?

—Estábamos ocupados en traer los nuestros —respondió

Ponce encarándolo—. ¿Qué es tan importante para que la INTERPOL meta las narices en esto?

—Ustedes no, la Policía.

—Cálmese, agente —contestó Navarro, abriéndose paso entre los dos hombres. Dana observó la disputa como una guerra de egos. Al parecer, no era la única metida en problemas—. El agente Berlinger está aquí para echarnos una mano.

—Creemos que se puede tratar de una amenaza terrorista a nivel europeo —explicó el agente—. La INTERPOL quiere supervisar lo sucedido para evitar que se propague por otros países.

—Es una broma, ¿verdad? ¿Terrorismo? Esa gente son ratas de cibercafé —contestó Ponce elevando el tono de voz—. No existe ninguna amenaza. Son la novedad, al igual que sucedió con el 15-M, con la diferencia de que estos tipos no tienen nada que ofrecer.

—Siento corregirle, pero se equivoca —replicó—. El hombre, al que han matado, conocía las debilidades de la compañía telefónica más fuerte de España. ¿Sabe lo que eso significa?

Ponce sopló una ráfaga de aire sin desviar la mirada. El resto atendía a su reacción.

—Que lo menos grave es lo que supiera sobre dicha compañía... Está bien, escucho.

—No está todo perdido, agente Ponce —dijo el extranjero para rebajar la tensión—. El fenómeno del Partido Pirata es de sobra conocido, aunque nunca había supuesto un problema continental hasta hace unos años. En 2016 creció su auge en Islandia, a partir de ciertos escándalos gubernamentales relacionados con Papeles de Panamá, pero no lograron llegar al poder. Desde entonces, se han reproducido como un virus, a través del medio que mejor conocen...

—Internet —añadió Escudero.

Berlinger la miró. No pareció agradarle la interrupción.

—Lo que está sucediendo en España, puede ser el germen de una pequeña revolución a nivel europeo. Una revolución que interesa a países como Rusia o China, los cuales financian fuertes infraestructuras de piratas informáticos para que accedan a la información de los servidores europeos. Todos sabemos que la próxima Guerra Fría se hará con ordenadores. Así que, lo último que preocupa a la INTERPOL, son los intereses que estos tipos tienen a nivel social —continuó con su explicación, mirando de reojo a los cuatro presentes, moviendo las manos para dar más énfasis al discurso—. Probablemente, nunca consigan llegar a ninguna parte. Son gente joven, con una ideología utópica, basada en una nostalgia por algo que no vivieron. Estudiantes y oficinistas sin experiencia, sin carisma... Razón por la que muchos ciudadanos del mismo perfil se identifican con ellos... Estamos convencidos de que la amenaza está entre las filas de los partidos. Acceder al poder tiene un coste alto y algunas de estas ratas de cibercafé, como usted las denomina, ausentes de ética y principios morales, pueden amañar unas elecciones si existe una remuneración detrás; hacer públicas las conversaciones que quedan almacenadas en los terminales o tumbar el cortafuegos del BCE si disponen de las herramientas apropiadas.

—Un momento, pare el carro... —dijo Ponce haciendo una pausa—. Me parece que está exagerando. Esto suena a película americana... Para eso existen las Fuerzas de Seguridad del Estado. Sabemos hacer nuestro trabajo.

—No se trata de eso, agente Ponce —contestó y sacó una memoria USB de su bolsillo—. Creo que desconoce quién era el auténtico Darío Fuentes.

* * *

En apenas veinte minutos, Berlinger demostró aquello que los sabuesos de la INTERPOL sabían hacer. Guiándose con diapositivas en un proyector, resumió con detalle las amenazas que suponían esas agrupaciones.

—Algunos de los integrantes de estos partidos, como en el caso de Fuentes, son informáticos con un talento abismal que han trabajado previamente para corporaciones —explicó mientras en el proyector aparecía una fotografía del informático en sus primeros años de carrera. Para entonces, su vestimenta se ajustaba al uniforme conservador y clásico que imponía el sector privado—. Por suerte, de esta minoría, sólo unos pocos llegan a las altas esferas de sus departamentos. Los demás se dedican a ocupar puestos de oficina a cambio de un salario. Perfiles con una alta actividad social dentro y fuera del ámbito virtual, pero con cierta reticencia a los encuentros con otros empleados de la misma empresa. Tal vez se deba a que no se sienten integrados del todo.

—Bichos raros hay en todas partes... —comentó Ponce, harto de ver cómo el agente de la INTERPOL exponía sus investigaciones como si fuera un conferenciante—. ¿A dónde quiere llegar? No tenemos todo el día.

Las imágenes pasaron a gran velocidad hasta que el agente se detuvo en un mosaico de fotografías. En ellas aparecían rostros conocidos, desde los portavoces de los partidos más conservadores, hasta los directivos de las compañías más influyentes del país.

—Desde Lyon llevamos tiempo sospechando que estos sujetos tienen una larga lista de enemigos —argumentó mirándolo con fijación—. Creemos que, quizá, el señor Fuentes supiera más de la cuenta y existieran interesados en que esta persona no desvelara... cómo decirlo... ciertos secretos.

—Razón por la cual, el ministro del Interior había solicitado con tanta precipitación el encuentro con este señor —intervino Navarro con esa voz paternal y el acento castizo que le caracterizaba—. Lamentablemente, el objetivo se ha llevado consigo los secretos a la tumba. Piénsenlo de esta manera: muerto el perro, se acabó la rabia.

—Ahora sólo nos queda saber quién estaba detrás del atentado —comentó Berlinger—, atrapar a los dos asaltantes y evitar que esto se vuelva a repetir. Espero que, tras esta explicación, ahora haya quedado todo más claro.

Dana respiró sin mentar palabra. Escudero esquivó las miradas de los subordinados por alguna razón que Laine desconocía. Puede que la agente fuera la última en llegar a la sección, pero sólo una despistada no se habría dado cuenta de que Berlinger y Navarro no estaban siendo transparentes.

Ponce se mostró agotado y no hizo ningún esfuerzo por ocultarlo. Tras la charla, se frotó los ojos.

—¿Se encuentra bien, agente? —preguntó Escudero.

—Si no le importa, necesito salir y tomar un café. Después me reincorporaré.

—Por supuesto.

—Con su permiso... —respondió y salió sin despedirse del resto. Sin esperarlo, Dana se había quedado sola ante los tres tiburones que ahora miraban hacia ella.

—¿Y usted? —preguntó la mujer—. ¿Cómo se encuentra?

Un fuerte cosquilleo se apoderó de su tripa. Le hubiese gustado responder que se sentía como un títere allí dentro, sin saber a quién creer. Pero no podía hacerlo. La Glock de aquella mujer aún apuntaba a su pecho.

11

Escudero se lo había dicho el primer día que la vio: tenía que mantenerse firme en un mundo de hombres.

Tras las siluetas quedaba el proyector con el mosaico de fotografías que Berlinger había mostrado. Los ojos de la agente se fijaron en un detalle que todos habían pasado por alto.

En una de las imágenes, Darío Fuentes y Julieta Méndez, la número dos del partido político, se miraban de una manera especial.

Reconoció ese gesto. Lo había visto mil veces en Carlos, su expareja, de un modo similar. Ella no podía ser la mujer que le había apuntado con la Glock y tampoco la autora intelectual del crimen.

Por amor se hacían muchas cosas, pero nunca matar a alguien.

—¿Agente?

—Perdón... —dijo distraída y regresó a la conversación—. Ha sido un día muy largo. Deben disculpar al agente Ponce.

—Lo entendemos, no se preocupe —dijo Berlinger y dio un paso al frente, con afán de aproximarse a ella—. He escuchado que una de las balas iba para usted.

La forma en la que se expresó, no le hizo ninguna gracia. Aún podía recordar el olor a pólvora quemada.

—No estoy del todo segura de lo que dice, señor —respondió con gesto serio—. Pero el disparo lo efectuaron a escasos centímetros de mí.

—Y dio en el pecho de su acompañante.

—¿Agente Berlinger? —preguntó Escudero, protegiéndola de la insolencia de aquel hombre—. Creo que debemos recuperar el sentido común antes de perder las formas. No olvide que se encuentra en España.

—Dígame, Laine —insistió, a pesar de la reprimenda de Escudero. Navarro pareció mantenerse al margen—. ¿Hablaron con alguien tras su llegada a Barcelona? Las únicas dos personas que establecieron contacto con ustedes, están muertas.

—Agente Berlinger... —repitió Escudero.

—¿Qué problema tiene? Sólo hago mi trabajo —respondió insolente.

—Está bien, señora —interrumpió finalmente Dana—. Sí, ahora que lo dice, puede contrastarlo si lo desea. En la azotea de El Corte Inglés que hay frente a la plaza. Allí nos encontramos con la comandante Puig y un inspector, ambos del CNP. Tenían a dos francotiradores en cada una de las esquinas del edificio. Estoy convencida de que la comandante no pondrá reparos en acceder a sus preguntas.

Berlinger, sin palabras, aceptó la respuesta y se frotó la barbilla.

—Agente Laine, vaya a buscar a su compañero —ordenó Navarro pensativo, con la mirada llena de incertidumbre y desasosiego—. Será mejor que avisen a sus parientes de que esta noche llegarán tarde a casa. Después, descuelguen los malditos teléfonos y pónganse en contacto con quien diablos deban para encontrar a esos individuos. Nadie saldrá de aquí hasta que no sepamos quién está detrás del ataque. El Ministerio exigirá una explicación en breve.

12

Encontró a su compañero apoyado en la barra de la cantina del edificio. El salón estaba vacío. Aunque «La Casa» nunca descansaba, el ritmo de los empleados del servicio de hostelería disminuía cuando caía la noche. Reconoció la ancha espalda de Ponce, embutida en aquel traje entallado, y su nunca recortada. Todavía se estaban conociendo, aunque nunca lo había visto reaccionando así ante la presencia de otra persona. Sospechó que la irrupción de la INTERPOL habría despertado fantasmas del pasado. En cualquier caso, Dana pensaba que nunca se llegaba a conocer del todo a una persona, por lo que, antes de juzgar, prefería escuchar su discurso para saber con quién trataba. Desde pequeña, había aprendido a ser cautelosa. Bastaba con mostrar más afecto del necesario para que todo fueran decepciones.

—Un café, por favor —pidió la agente cuando se aproximó a la alargada barra de mármol marrón. Ponce, silencioso, levantó la mirada al escuchar su voz—. ¿Qué ha pasado ahí dentro?

El agente dio un trago al café y se limitó a permanecer en silencio.

—¿No me vas a hablar? —preguntó molesta—. ¿Cuántos años tienes, Ponce?

—Es mi problema, Laine. No te metas en esto.

Además de las mentiras, había algo que Dana odiaba por encima de muchas cosas. Y eso era que la apartaran a un lado. Con su respuesta, el compañero provocó en ella una explosión de emociones dormidas.

Dana le empujó por el hombro, echándolo hacia atrás unos centímetros, pero sin tirarlo del taburete. Aquello atrajo la atención del hombre.

—¿Que no es mi problema? —preguntó con la mirada encendida—. Casi me matan esta mañana. No estoy muerta por unos segundos. Así que yo decido si es o no mi problema. ¿Te enteras?

Él aguardó unos segundos más.

—Todavía te queda mucho por aprender, Laine.

Dana apretó los puños.

—Si no fueras mi compañero, te habría partido el tabique hace un rato... ¿Te das cuenta de lo egoísta que estás siendo? La gente como tú me repatea por dentro, Ponce. Deja a un lado tus rencillas personales.

—Escucha, no soporto que vengan a decirme lo que tengo o no que hacer —contestó sin elevar la voz—. Así que tómate el café y vuelve a donde tengas que estar. Nadie te ha pedido que vinieras.

—Además de ser un desagradecido, te equivocas conmigo. Navarro me ha pedido que te buscara.

—¿Navarro? —preguntó levantando las cejas. Después regresó a su taza.

—Mira, Ponce... —continuó ella—, sé que ha sido un día muy duro para los dos, pero esperaba más de ti, sinceramente. Así que me vas a contar lo que está sucediendo y yo olvidaré todo esto, ¿vale?

Las técnicas de persuasión que solían funcionar a la agente, poco tenían que hacer con el muro de hormigón que representaba la personalidad del compañero. Así y todo, parecía haberse cansado del silencio y estaba dispuesto a hablar.

—No soporto trabajar con la INTERPOL —contestó finalmente—. Ese hombre sólo entorpecerá más nuestro trabajo.

—¿Lo conocías de antes?

—No, pero llevo más años que tú en esto. Si la INTERPOL manda a uno de sus agentes a España, es porque sus intereses difieren de los nuestros. Si no, se limitarían a pedir un informe, a concertar una reunión... Pero no ha sido el caso. ¿Te ha gustado su clase?

—No es momento de bromas —dijo ella reflexiva—. Pensé que estaba aquí para aportar un poco de luz.

—Supuestamente, así es. Pero este trabajo es como una escalera —explicó representándolo con las manos—. Tú te concentras en subir tu peldaño, con esfuerzo, sin pensar en otra cosa, mientras que los que están arriba observan cómo, en realidad, la escalera es sólo una distracción para que no metas las narices en otros asuntos.

—Ya... —comentó ella y dio un sorbo a su taza.

—Crees que exagero.

Dana repensó las palabras.

—Pienso que estás mezclando un asunto personal con lo que ha ocurrido ahí arriba. Eso es todo... ¿Es por lo de tu compañero?

El agente la miró con recelo.

—¿De dónde has sacado eso?

—No eres el único que se interesa por la vida privada de otras personas —respondió. Recapacitó demasiado tarde. En ocasiones, la bravura le perdía. Resucitar aquel episodio, puso en peligro la conversación. Realmente, desconocía cómo iba a reaccionar su compañero ante el comentario—. Sé que lo perdiste hace unos años, eso es todo.

—Entonces supongo que entenderás por qué desconfío de ese Berlinger.

Ella alzó los hombros.

—No tengo la menor idea.

—Berlín, 19 de diciembre de 2016, Breitscheidplatz, pleno corazón de la ciudad. Un yihadista, en un furgón, deja once muertos y más de cincuenta heridos tras su paso —explicó con un nudo en el estómago. Sus palabras estaban cargadas de ira—. La policía alemana busca la manera de catalogarlo como accidente, para que el Estado Islámico no se sume un tanto, pero es inevitable. Lo recuerdas, ¿verdad?

—Sí, claro...

—Siete horas antes, el agente Rosales, del CNI, y otro hombre del DNB, el Servicio Federal de Inteligencia alemán, entran en un apartamento próximo a la avenida Sonnenallee, en el barrio musulmán de Neukölln. Llevan semanas tras la pista de una célula terrorista. Allí los sorprenden tres hombres. Hay una refriega. Rosales cae abatido y el del DNB termina en el hospital. Uno de los hombres muere por un disparo en la sien. Los otros dos huyen y uno de ellos es el que, horas más tarde, se subirá al furgón. El tercero desaparece.

—Lo siento... —contestó ella. Su voz se estremecía con el testimonio del compañero. No era fácil recordar aquello, incluso para él.

—Cuando el asunto cayó en manos de la INTERPOL, nunca llegaron a encontrar al tercer hombre —prosiguió e hizo una pausa. Ahora eran sus ojos los que brillaban—. El caso se archivó. Rosales se convirtió en un expediente, en un maldito informe archivado en una caja, y la INTERPOL no volvió a pronunciarse sobre lo sucedido. Un ramo de flores para su familia, una placa conmemorativa y un triste adiós. Nada más. El hombre que mató a mi compañero, sigue ahí fuera. ¿Entiendes lo que eso significa para mí?

—Ahora sí...

—Entonces comprenderás que no pueda fiarme de ese Berlinger, por mucho que Navarro insista —sentenció—. Su presencia, para mí, no es bienvenida, la cual sólo confirma que hemos sido títeres de una operación mayor.

—¿Qué quieres decir, Ponce?

El agente la miró a los ojos.

—Me temo que Darío Fuentes no es quien creíamos que era y que esto tampoco era una operación rutinaria. Si no lo averiguamos por nuestra cuenta, nunca sabremos por qué mataron a ese tipo —explicó y tocó el antebrazo de su compañera—. Ahora, te lo advierto, Laine. De nosotros depende si queremos tirar del hilo... o no. Quedarse al margen, no es una estupidez.

—Pero...

—En ocasiones, la verdad es una recompensa muy amarga.

13

La conversación con Ponce había sembrado un oceáno de dudas en su cabeza. ¿Quién le iba a decir que el propio CNI era un nido de secretos entre sus filas?, se cuestionó. Como en cualquier ámbito laboral, también existían las tapaderas que nunca se llegaban a levantar.

En efecto, tal y como había comentado, a Dana todavía le quedaba mucho por aprender de su profesión. Existían ciertas fronteras que no debía cruzar, ciertas preguntas que nunca debía plantearse y un puñado de cuestiones a las que jamás debía hacer frente. Nada de lo que no le hubieran advertido desde la primera entrevista, en aquel mismo edificio, en el interior de esa sala aséptica con olor a desinfectante, que aún podía recordar con esfuerzo.

Empero, no era fácil digerir todo aquello, al menos, teniéndolo presente. La desconfianza era una virtud, que podía fortalecer el instinto, pero debilitar los pensamientos.

Regresaron a las oficinas de la sección. Ahora Berlinger daba órdenes a un grupo de agentes que ocupaba las primeras filas de ordenadores del departamento. Dana y Ponce se separaron para dirigirse a sus respectivos escritorios. La agente encontró un informe sobre la identidad de Darío Fuentes que había sido repartido a todos los agentes.

Se sentó en la silla giratoria, encendió el ordenador y miró hacia la ventana que había al otro lado del salón. Era de noche, el cielo estaba negro y las estrellas brillaban con timidez. En Madrid resultaba complicado ver el cielo limpio, pero se podía observar la calma nocturna de la ciudad, las luces de una urbe que nunca llegaba a descansar y la cola de tráfico que entraba en el corazón de la capital. Estaba agotada, pero no quería dar muestras de ello. Todos, incluida Escudero, trabajaban con intensidad para sacar algo en claro acerca del asalto.

«Tienes que ser fuerte», se dijo, pestañeó y dio un trago de la botella de agua que había comprado en la cafetería.

En la consola del ordenador, tecleó el nombre de Darío Fuentes.

Comenzó con su ficha personal, para después pasar a los registros que había sobre él. No encontró nada que llamara demasiado la atención. Un fuera de serie con los sistemas informáticos. Un chico rebelde durante la adolescencia y un anarquista durante la etapa universitaria.

En 2005, un viaje a California cambió su manera de pensar para siempre.

Según las declaraciones que habían recopilado de sus entrevistas en prensa, admiraba con mucho respeto a figuras como la de Steve Jobs o Bill Gates, pero también a polémicas figuras como Julian Assange, John Mcafee o Edward Snowden. Aunque no poseía fama de mujeriego, había tenido diversas relaciones sentimentales, la más larga de seis años, con Lara Romero, una estadista que había trabajado en el FMI. La había conocido durante unas vacaciones en Saint-Tropez, unos años antes de ingresar como director de Sistemas de Seguridad Informática en Telefónica. No tenía hijos, ni tampoco parecía haberse metido en problemas legales con ningún tipo de empresa. Su expediente era el de una persona que había dedicado su vida a lo que más le apasionaba. Como mucha otra gente, con el tiempo y el ascenso meteórico, el poder y el dinero, había pasado a un segundo plano y el reconocimiento público era el siguiente paso para conseguir la excelencia. Por desgracia, todo apuntaba a que la vida política era demasiado peligrosa para una figura como él.

Sentada frente al monitor, tras leer aquellos documentos, volvió a reflexionar sobre las palabras que Ponce le había dicho. ¿Realmente quería tirar del hilo?, reflexionó.

Tuvo la sensación de que se estaban jugando dos partidas en el interior aquella planta.

Por un lado, podía dejarse llevar por la corriente, pedir unos días libres a causa de la conmoción, tras un examen psicológico, y esperar hasta que la tormenta pasara. Nada le salpicaría. Por otro lado, algo en su interior la obligaba a encontrar a esa mujer de acento latino y mirada oscura.

Aquel asalto, de carácter político, se había convertido en una cuestión personal.

Era consciente de que, si se alejaba de ese episodio, tarde o temprano, le perseguiría en sueños, así como hacía su madre, así como Ponce no llegaba a olvidar el trágico final de su compañero.

* * *

Dana había tomado una decisión.

Escudero levantó la mirada de su escritorio.

—¡Adelante! —exclamó al ver que la agente Laine esperaba al otro lado de la puerta. Después regresó a su tarea—. Usted dirá, agente Laine.

Había reflexionado durante minutos antes de tocar esa puerta. Sin embargo, sabía que sin el consentimiento de Escudero, no haría más que meterse en problemas que no necesitaba.

Escudero era su jefa, pero también una mujer con un gran peso de responsabilidad. Entre hombres y mujeres existía una delgada línea que definía el compañerismo. Para Dana, era importante conocer las reglas, aunque no comulgara con ellas. Cada persona era un caso único, marcado por la educación recibida en casa, la experiencia acumulada por los años y las derrotas con las que cargara a la espalda. Mientras Ponce representaba al falso héroe de hojalata con un corazón de gelatina, Escudero intentaba la mantener el cliché de mujer helada, indestructible y carente de empatía. Pero sabía que eso no era cierto, que ninguno de los dos era tal y como el mundo les había dicho que debían ser. Quien optaba por mostrarse así era a causa de una gran inseguridad, la necesidad de parecer fuerte en un mundo salvaje y lleno de peligros. Y aquel en el que se encontraban, donde las apariencias lo eran todo, hasta el punto de confundirle a una misma; formaba un escenario en el que lo que se veía, no era más que un reflejo constantemente distorsionado de la realidad.

No era para menos.

Para su fortuna, lo que diferenciaba a Dana del resto era que había llegado la última, lo cual la sometía a más presión, pero también a que su jefa fuera más indulgente con ella. Durante los últimos días, había notado cómo Escudero se reflejaba en ella cuando la miraba pensativa, quizá en una versión más joven de sí misma, en una reminiscencia del pasado que nunca llegó a existir.

Dana se acercó hasta la mesa y se sentó en una de las sillas, sin que Escudero la invitara a hacerlo. El gesto llamó la atención de la superior, que la observó sorprendida.

—Señora, no creo que esto haya sido un atentado terrorista, ni un ajuste de cuentas por parte de radicales de otra agrupación política —explicó la agente con voz lineal y segura de sus palabras—. La vida de Fuentes era de lo más normal, a pesar su excéntrica pasión por los automóviles de carreras. Los informes muestran que sus llamadas han sido controladas desde su ingreso a Telefónica, hasta horas antes del ataque. En ninguno de los registros aparece algo que pudiera llamar mi atención, por lo que asumo que el señor Fuentes era consciente de que estaba siendo espiado.

—Vaya, es usted muy astuta. Me pregunto si de pequeña se lo habían dicho alguna vez —contestó atenta, aunque Dana no supo interpretar bien si había sido un elogio o estaba siendo sarcástica—. Siga, por favor.

La respuesta no fue suficiente para provocarle un bloqueo. Dana había quemado sus naves antes de cruzar esa puerta.

—Es evidente que los asuntos del ministro no son de nuestra incumbencia —comentó. Los ojos de Escudero se afilaron—, siempre y cuando esto no entorpezca o ponga en peligro nuestra labor. De ser así, entiendo que nos habrían informado previamente de ello.

—Está usted en lo cierto —dijo Escudero y se levantó de la silla. Dana se preguntó a dónde iría. La agente se dirigió hasta el cristal, observó el resto de la sala y cerró la persiana de aluminio—. No le voy a mentir, aunque comienzo a sospechar que está extralimitándose en sus funciones. A nosotros no nos pagan por investigar asesinatos. Para eso, se encarga la Policía. Nuestro departamento combate el terrorismo y todo lo que suponga un desafío a la seguridad nacional. Y eso, sólo eso, es lo que debe preocuparle en estos momentos.

—¿Y si ese encuentro fuera la amenaza?

—Vigile lo que dice, agente Laine —advirtió Escudero regresando a su escritorio, aunque manteniéndose de pie—. ¿Está segura de a dónde quiere llevar esta conversación?

Tanto Dana como Escudero pensaban en la misma dirección. Tal vez, hasta el momento, hubiesen mirado hacia donde no debían.

—Sólo descarto la posibilidad de que alguien quisiera atentar contra esa persona.

—Alguien... excepto el Estado. ¿Qué disparate es ese?

La jefa se enfadó. No daba crédito a lo que Laine insinuaba, pero era consciente de que la duda también se apoderaba de ella.

—Señora, no me malinterprete —aclaró—. Si supiéramos cuáles eran las intenciones del ministro, todo estaría más claro. Pero, para ello, supongo que...

Escudero alzó el cuello y estiró el mentón hacia arriba. Había tenido suficiente por el momento. La insolencia de la agente había agotado su paciencia.

—Agente, será mejor que regrese a su puesto de trabajo —sentenció dando por finalizada la conversación. Dana asintió, dispuesta a dejar el encuentro tal y como estaba. Se levantó y caminó hacia la salida.

No buscaba una victoria, ni tampoco salir de allí con la razón bajo el brazo. Todo lo contrario. Había tocado esa puerta para tirar del hilo del que Ponce le había hablado. *chink, crack*

Para ella, no tenía sentido continuar hurgando en la herida de su superior. Había rascado en la grieta de Escudero. Ambas eran conscientes de que Navarro estaba ocultando información relacionada con la muerte de aquel hombre y el encuentro en el Majestic. Quizá, incluso, cubrir aquel mitin electoral hubiese

71

sido una tapadera para confundir a las Fuerzas del Estado.

Ella no lo sabía. Y eso fue suficiente para la novata.

Si Escudero desconocía la razón de aquel encuentro, era porque Navarro se lo había ocultado, poniendo en evidencia los años de lealtad y confianza que existían entre los dos. Para evitar sorpresas, el refuerzo de Berlinger haría que Escudero, en esta ocasión, se mantuviera al margen del operativo. Ahora, un profundo dolor inundaba el corazón de la agente Escudero—. ¡Agente Laine!

—¿Sí, señora? —preguntó sin dar la cara, deseando salir de allí.

—Limítese a hacer su trabajo... el que le corresponde —respondió la jefa.

Dana, a pesar de que le daba la espalda, podía sentir cómo la mujer seguía clavada en el suelo, sin mostrar un ápice de fragilidad.

—Así haré, señora.

Cuando cerró la puerta, sintió una fuerte descompresión en su estómago que la dejó sin aliento. El encuentro la había puesto a prueba.

Sin recuperarse y con la cabeza aún sumida en el arrepentimiento que la inundaba, sintió la presencia de un hombre acercándose a ella.

—Laine —dijo Ponce—, vamos, tienes que ver esto.

—¿Qué sucede? —preguntó confundida.

El resto del equipo observaba las pantallas LED que había en lo alto de la habitación.

La Policía había localizado a uno de los asaltantes.

14

Los agentes del CNP vigilaban la entrada de un edificio de viviendas antiguo en el que se escondía una de las caras de las fotografías.

«No puede ser, no es él», pensó ella al ver al muchacho al que habían identificado.

—Si no se rinde a tiempo —comentó Ponce—, lo van a freír como a una hamburguesa.

La expectación era absoluta. La oficina se había paralizado por unos minutos. La retransmisión ocupaba la atención de la mayor parte de los agentes. Berlinger observaba el operativo como si hubiese sido idea suya.

—Ponce, creo que no es él.

—¿Qué? ¿Qué estás diciendo? —preguntó mientras miraba atento a la televisión—. Lo tienen arrinconado. No puede hacer nada más que entregarse. Será cuestión de tiempo para que se rinda y hable.

—No, no... Te lo digo en serio —insistió con voz temblorosa, fijándose nuevamente en el folio con la fotografía. Había visto a ese chico antes, segundos antes de que Fuentes les acompañara al vehículo. Recordaba la cara gruesa y el pelo con tirabuzones.

Era él, estaba sobre el escenario.

Teóricamente, era imposible que hubiese sido el mismo que

había disparado contra el vehículo. Se le formó un nudo en el estómago. Alguien estaba cometiendo un error que se llevaría por delante la vida de un inocente—. Este no es el chico que buscamos.

—No puedes hablar en serio.

—Creo que sí. Él estaba allí, en el evento. Lo sé porque lo vi mientras recogíamos a Fuentes.

—Laine... No me digas que lo crees —insistió—. Dime que no era él.

La retransmisión continuaba en movimiento. Los agentes del CNP entraron en el portal y subieron las escaleras armados con subfusiles de asalto. La cámara se detuvo ante una puerta de madera oscura donde se escondía el sospechoso.

—¡Policía! ¡Abra la puerta! —gritó uno de los agentes del operativo—. ¡Ríndase y salga con las manos en alto!

Pero no se escuchó nada. Dos agentes prepararon un ariete para tumbar la entrada de un golpe. Los francotiradores subían al edificio que había en frente, para asegurarse de que no había peligro.

—Tengo que hablar con Escudero —contestó la agente y abandonó a su compañero. La superior, contemplaba la situación con distancia, desde la última fila de ordenadores.

Cuando vio a la agente acercándose, cruzó los brazos, mostrándole una actitud defensiva.

—Ahora no, agente Laine.

—Señora, la Policía está a punto de cometer un grave error —respondió. Aquello sirvió para captar su atención y le mostró el informe que tenía en la mano—. Ese joven no es quien nos disparó. Lo sé porque no encaja con el perfil del individuo que había junto al coche.

—¿Laine?

14

—Señora...

—¡Abra la puerta! ¡Policía! —gritó otro agente por la retransmisión—. Vamos a entrar, ha llegado el momento.

—Despejado —contestó alguien por radio.

—Luz verde para entrar —dijo el hombre de la cámara.

—¿Está segura de lo que dice? —preguntó y miró a la agente—. Dios mío, acompáñeme.

Las dos mujeres caminaron hasta el despacho de la superior. Escudero descolgó el teléfono.

—¿No debería consultarlo con Navarro?

—Al infierno con eso —respondió Escudero—. Está segura de lo que dice, ¿verdad?

Dana se rascó la cabeza. La presión aumentó en el interior de esa habitación.

—Estoy casi convencida, señora. Vi a ese chico en...

—¿Casi convencida? —preguntó ofendida con el terminal en la mano—. No puede estar casi convencida.

—Señora, sé lo que vi pero, con el corazón en la mano, no puedo asegurarle de que estoy en lo cierto.

La mujer sostuvo el aparato. El cable colgaba de su mano y su rostro dibujó una mueca de calma y pena a la vez.

—Lo que no puede es soportar esa responsabilidad por el resto de su vida —comentó en voz baja—. Lo siento, agente. No haré esa llamada.

Ambas se quedaron en silencio, sin nada que añadir. Escudero colgó el teléfono, protegiéndola de un fallo que podía minar su carrera. Dana era demasiado joven como para terminar con esa llamada. En la vida, pesaba más cargar con el error, que ver cómo lo cometían otros.

Se escuchó una ráfaga procedente del exterior del despacho.

—Objetivo derribado —dijo una voz metálica por radio.

Las dos agentes oyeron el eco de algunos aplausos desperdigados por la oficina.

—Márchese a casa, agente —sugirió la mujer—. Le vendrá bien descansar un poco.

El nudo del estómago desapareció, dejando en su cuerpo una sensación de tristeza y fracaso que no había sentido antes. Estaba convencida de la inocencia de ese chico, pero no tuvo pruebas ni agallas para demostrarlo. Ahora era demasiado tarde para retractarse. Escudero tenía razón: no hubiese podido cargar con una responsabilidad así.

* * *

A la salida de las instalaciones, cayó en la cuenta de que su motocicleta seguía en la ciudad, por lo que no le quedó más opción que la de llamar a un taxi.

Sacó el teléfono del bolsillo del vaquero, abandonó el perímetro de seguridad de «La Casa», despidiéndose de los agentes que trabajaban custodiando la garita de la entrada, y abrió la aplicación para enviar su geolocalización.

La calle estaba oscura, el silencio era absoluto en aquel lugar de las afueras de Madrid. Sólo quería regresar al apartamento, prepararse una taza de té caliente, desconectar por unas horas y olvidarse, con un poco de suerte, de todo lo que había ocurrido.

Mientras esperaba a que un conductor aceptara su petición, notó el resplandor de unos faros que la alumbraron desde atrás.

El vehículo se acercó a ella.

—Sube, que te acerco a la ciudad —dijo Ponce, al volante del vehículo que habían alquilado en Barcelona. La agente comprobó la pantalla de su teléfono, que seguía en espera. Dudó de la idea. El trágico desenlace había trastornado sus emociones—. No tengo todo el día, Laine... No sabes lo que cuesta encontrar un bar abierto a estas horas.

15

at unearthly time

No le disgustó la proposición de tomar una copa antes de regresar a casa.

Después de todo, se la habían merecido.

Madrid era una ciudad de contrastes, de sombras y claroscuros. A esas horas de la noche, sólo los gatos más pardos conocían aquellos lugares en los que la vida no descansaba. Rincones que apuraban a deshoras los momentos de embriaguez, de soledad, de alegría y exaltación. Durante sus años de universitaria, había experimentado muchas cosas. Se había recorrido los garitos de Malasaña como si de una yincana se tratara, dejándose la vida y el dinero en ello, cada fin de semana, entre copas, besos y momentos de pena y de gloria. Sin embargo, lo que nunca imaginó fue que acabaría con un agente experimentado del CNI en uno de los locales más estrambóticos de la ciudad. Y mucho menos, compartiendo la barra.

A las tres y media de la mañana, el Toni 2, un conocido piano bar de la capital, gozaba de la clientela propia de mitad de semana: artistas en decadencia, caras del teatro venidas a menos, nombres de la farándula y seres sin identidad que, como ellos, buscaban un lugar en el que apoyarse y reprimir las lágrimas. El pianista tocaba *My Way* de Sinatra, acompañado por la lírica de un ebrio ejecutivo que se había lanzado a cantar en español, dejando constancia de su estado y del poco conocimiento que tenía de la letra.

Ponce, recto y sereno, jugaba con el dobladillo de una servilleta de papel, a la vez que sujetaba el *whisky* con la otra mano. Dana contemplaba el espectáculo con una sonrisa apagada a causa del cansancio y del sufrido día que había tenido. El camarero, vestido de chaleco gris y camisa blanca, en busca de su atención, preparaba el segundo escocés para la agente.

—Veinticuatro euros —dijo el empleado, haciendo referencia a las bebidas.

Antes de que ella pagara su parte, Ponce puso un billete de cincuenta sobre la barra acolchada.

Ella lo miró reticente.

—Baja la guardia —dijo agarrando su copa—. No necesitas ser un caballero las veinticuatro horas.

—Me apetecía hacerlo —contestó, restándole importancia al comentario y levantó su vaso para brindar—. No sucede a menudo.

—¿Por qué brindamos? —preguntó ella.

Se formó un breve silencio entre los dos agentes.

—Por Escocia —contestó y ambos se rieron.

Con el primer sorbo, el destilado abrasó la lengua de la agente Laine.

Le gustaba el whisky, y también el hecho de que Ponce y ella tuvieran algo en común. La mayoría de la gente con la que había bebido anteriormente, prefería otros tipos de alcohol, más flojos, menos rudos. Respecto a ella, ni siquiera sabía por qué esa era su preferencia. Quizá porque también era la misma que tomaba su madre y, eso, de alguna manera, mantenía el vínculo con ella. Trozos de vida que se almacenaban en el recuerdo, buscando un poco de identidad con el paso de los años. La misma razón por la que algunas personas perseguían sus raíces en otras ciudades. Dana reflexionaba mucho sobre aquello, sin llegar a entender la obsesión humana por encontrar una respuesta. ¿Acaso iba a dormir mejor después de conocerla? La curiosidad era una trampa para ratones si no se calibraba correctamente.

—No sé si debería contártelo... —comentó pensando en su reunión con Escudero.

El hombre dio un trago y miró hacia las botellas. No se había movido del sitio desde que habían llegado.

—Pues no lo hagas. Si no lo sabes... —respondió con voz pausada—. No hemos venido aquí para amargarnos la existencia, Laine. Pasa página. Todo acto tiene sus consecuencias... y ese chaval ha pagado lo que los americanos llaman... daños *co-la-te-ra-les*... Tiene gracia, ¿eh? Acostumbrados a jugar a ser dioses desde el teclado de un ordenador, se les aprieta el culo cuando se ven con un rifle encañonándolos. La vida no es un videojuego.

—Se han cargado a un chico del partido. Ni siquiera sabían si estaba relacionado con los hechos.

—Sí que lo estaba —contestó rotundo, después se volvió hacia ella—, aunque no fuese la persona que te había disparado.

—¿Tú también lo sabías?

—No. Lamentablemente, me he enterado de la noticia cuando ya te habías marchado —aclaró y miró hacia el bar. El pianista seguía tocando las notas de la canción de Sinatra. El cantante entonaba como podía mientras se acababa la ginebra—. He visto a Escudero antes de salir. La he notado un poco... fastidiada.

—La mujer que me apuntó con el arma no figuraba entre los sospechosos, Ponce.

80

—Lo sé, pero eso deberías decírselo a Berlinger —respondió y dio otro trago a la bebida—. Si me vas a contar que Navarro intenta ponerle la zancadilla a Escudero... llegas tarde.

—¿Desde cuándo?

—¿Que desde cuándo lo sé? —preguntó y levantó una ceja antes de contestar—. Desde que la jefa me ordenó anoche que esta mañana teníamos que salir para Barcelona. Todo lo que me dijo fue superficial. Me limité a no hacer preguntas. Esa es mi marca personal y, sinceramente... he llegado a la conclusión de que me importa un carajo lo que esté ocurriendo. ¿Otra copa?

—No, estoy bien —dijo ella al comprobar su vaso, el cual seguía casi intacto.

La conversación con su compañero estaba siendo muy esclarecedora. Una rabia infantil de impotencia se apoderó de sus extremidades. ¿Hasta cuándo sería la última en enterarse de lo que pasaba allí dentro?, se cuestionó. Pero no tenía el valor necesario para preguntárselo a él. Quizá, la duda fuera menos dolorosa que la respuesta—. Puede que a ti te dé igual, pero a mí no.

El agente se acercó a ella con altivez. Por un momento, Dana pensó que iba a besarla, pero no fue así. Ponce se retiró, fingió contemplarla como si disfrutara de un cuadro y después pidió que le pusieran otro whisky.

—Tienes mirada de ganadora... —dijo sacando un billete de su cartera—, pero, si quieres ganar, tienes que aprender de la derrota, para poder apreciar ambas.

—Últimamente estás muy profundo...

—Sé lo que estás pensando y puede que tengas razón, aunque no pienso dártela por una cuestión de principios... —prosiguió. El barman roció el licor por encima del hielo y se llevó el billete. Ponce olió el whisky, levantó el vaso y se lo acercó a la boca. Después se humedeció los labios—. Navarro es consciente de lo que está pasando y Berlinger es una excusa. Su excusa. Mientras discutías con Escudero en el interior de su despacho, he encontrado algo sobre Fuentes que te interesará. Además del brillante currículo profesional, antes de trabajar para Telefónica, estuvo a punto de ir a la cárcel. Supongo que alguien se encargó de hacer desaparecer la mancha del expediente...

—Curioso. ¿Y a qué se debía?

—Una denuncia por ciberacoso de una exnovia con la que no terminó muy bien —explicó—. Estaba obsesionado con ella y llegó a hacer públicas las conversaciones que tenía con su nueva pareja.

—¿La mujer que conoció en Saint-Tropez?

—No, no me suena que fuera ella —aclaró—. La segunda denuncia fue por borrar la base de datos de clientes de la empresa para la que había trabajado antes. Un tipo rencoroso, al parecer... Todas las personas encuentran su motor en el dolor.

—Por eso no existe registro de sus llamadas, correos, mensajes...

—Piensa el ladrón que todos son de su condición. ¿Acaso no tomas tus propias medidas?

La pregunta generó un segundo vacío. Dana nunca se había planteado protegerse del propio sistema para el que trabajaba. Ponce no le dio más explicaciones sobre su postura.

—¿Crees que alguien ha intentado detener la reunión?

—Puede ser. Eso sólo lo sabe Navarro.

—Intereses del ministro.

—Quizá, aunque eso implicaría poner nombres y apellidos sobre la mesa —argumentó el agente—. No creo que hayan ido tan lejos.

—¿Intereses de otros países?

—Lo dudo...

La música se detuvo. El público aplaudió. La conversación con su compañero empezaba a tener sentido, pero ahora las preguntas inundaban su cabeza, emborronando los siguientes pasos a dar.

—Tengo una teoría —dijo ella mirando su vaso—. Quizá sea demasiado pronto y necesite beber más.

—Claro... —dijo el compañero e hizo un gesto al barman para que sirviera dos más—. Déjame adivinar... tu intuición te ha hablado.

—Todavía estoy a tiempo de guardármelo.

—Venga, no te hagas la dura.

—Un robo —dijo y arrugó la frente—. Durante el asalto... He visto cómo ese hombre intentaba registrar el cuerpo de Fuentes. Buscaba algo, pero lo has detenido.

—¿Un robo? —preguntó perplejo y dio un trago. Eso sí que no lo esperaba Ponce. Le entregó la copa que habían servido para la agente—. ¿De qué, Laine? No confíes tanto en tu memoria. Puede llegar a confundirte...

—Creo que intentaba quitarle el reloj.

—¿El reloj? —cuestionó de nuevo. Debido al alcohol, soltó una risa estúpida. Después miró a su compañera, que seguía con el rostro concentrado. Hablaba en serio—. Laine...

—El cadáver está en Madrid. Si investigan un crimen, los de la Científica se habrán hecho cargo de los objetos personales —dijo ella. El alcohol le había dado una idea. Había pensado en algo mientras bebía—. Ni siquiera han pasado 24 horas, aún estamos a tiempo.

—Sé lo que tramas y no me gusta...

—Acompáñame mañana a la UIT, a primera hora.

—Laine, echa el freno.

—Tengo una corazonada, Ponce. Confía en mí...

La respuesta abrupta del compañero causó un silencio incómodo que duró unos segundos y varios sorbos a las copas. Los dos agentes se apoyaron de espaldas a la barra, con los ojos puestos en el espectáculo que el pianista daba a su escaso público.

—¿Hace cuánto que sueñas con ella?

—¿Con quién? —preguntó Laine un tanto desconcertada—. ¿Con Escudero?

—No, con tu madre.

Recibió la pregunta con desdén.

—Es una larga historia.

—Me gustan las historias largas.

—No sé si quiero hablar de ello —dijo Dana y se apoyó en la barra, mirando hacia el pianista—. ¿A qué viene esto otra vez? ¿Vas a buscar una relación entre lo ocurrido y mi madre? ¿Quieres jugar a ser mi psicoanalista?

—Como quieras, Laine... Sólo quería cambiar de tema.

—Buen intento, pero no he venido a hacer terapia familiar.

—Entonces, bebamos —respondió el compañero—. Disfrutemos la causa que nos ha traído hasta aquí. Sinceramente, lo último que me apetece es hablar del trabajo. La vida es demasiado corta para arruinarla con algo tan insignificante.

* * *

Cuando abandonaron el bar, la calle estaba vacía, la noche acompañaba a quienes dormían en el interior de sus casas y sólo los taxis deambulaban por las callejuelas del Madrid más antiguo. Las temperaturas habían descendido más de diez grados y una brisa helada advertía de que la primavera aún tardaría en llegar.

Gracias al escocés, el frío tardó en hacerse notar en su cuerpo. Dana notó una ligera embriaguez al salir al exterior. La cabeza le dio un ligero vuelco y un chisporroteo le atravesó el cráneo.

El exceso de cansancio, sumado a la ausencia de alimento, había ayudado a que el alcohol hiciera su efecto antes de lo previsto. Sus movimientos eran lentos, imprecisos, pero no quería llamar la atención del compañero, el cual había bebido el doble de cantidad y parecía sobrio y despejado. Algunas personas podían disimularlo mejor que otras. Ponce la acompañó por detrás. En un descuido, Dana tropezó con una baldosa y sus piernas flaquearon.

here: flagstone (also: floor tile

—Cuidado, Laine —comentó con voz jocosa, sujetándola por la cintura para que no se diera de bruces contra el suelo—. No te tuerzas un tobillo antes de acostarte.

Por un instante, los brazos de aquel hombre lo fueron todo para ella. Se sintió protegida por sus manos, arropada entre los brazos cubiertos por las mangas de la gabardina. Frente a sus ojos, bajo el manto de estrellas, encontró el rostro áspero y desgastado del agente. Dana no pudo evitar sonreír, un gesto que provocó cierto nerviosismo en la reacción del agente. Quizá, llevaba demasiado tiempo sin desnudar su verdadera forma de ser, ante los ojos de una mujer.

—Gracias... —dijo ella incorporándose lentamente, guardando aquella fragancia de loción, colonia y *whisky*—. Estoy bien, estoy bien... Ha sido un tonto resbalón...

La agente Laine se reincorporó con torpeza y se aseguró de no tener ninguna molestia de la que arrepentirse al día siguiente. Por suerte, no había sido más que eso.

De la nada y sin esperarlo, una tensión había nacido entre los dos y ninguno supo cómo actuar ante tal situación. La idea de que algo pudiera surgir entre los dos, brotó en su cabeza como un haz de luz.

Desde el principio, en el periodo de formación, había escuchado acerca de las relaciones que existían entre compañeros de trabajo. El cúmulo de horas que pasaban juntos, terminaba creando lazos afectivos. En ocasiones, no pasaba de un revolcón como consecuencia del estrés, de la pérdida de vida, cuando ambos se encontraban en medio de una misión arriesgada. Otras veces, para muchos, era mejor que tener una doble vida. No resultaba sencillo convivir con una persona a la que no se le podía contar la verdad. Sin embargo, cuando la relación era entre agentes, el entendimiento solía ser mutuo.

En su caso, Dana no llegó a entender de dónde había saltado aquella chispa. Por su parte, no estaba interesada en una nueva relación sentimental, por mucho que echara de menos dormir acompañada. La relación con Carlos había terminado por desgastar cualquier esperanza romántica en su cabeza. Una cosa era el placer y otra el cariño. Ponce le podía dar más de lo segundo que de lo primero pero, en esos momentos, el cuerpo de Dana exigía más con la cabeza que con el corazón.

Mirando a Ponce, la agente sabía que era demasiado joven para él, demasiado inexperta para un hombre que parecía haberse criado con las películas de John Wayne.

Como paliativo, Ponce se separó de ella y se acercó a la acera, tan pronto como vislumbró los faros de un vehículo acercándose a la calzada. Levantó el brazo y pidió al taxi que parara.

—¿Te marchas? —preguntó la agente un tanto desconcertada—. Pensé que salíamos a tomar un poco de aire fresco...

—No, querida. Eres tú la que se va a casa —dijo con rostro serio y abrió la puerta trasera. Dana conocía la reacción de su rostro. La escena le había incomodado—. Necesitas descansar.

—No te preocupes, sube tú. Yo esperaré al siguiente que pase... —contestó, pero el compañero no pareció dispuesto a negociar.

Dana caminó hacia la parte trasera del vehículo y se plantó ante él. Ahora sí lo veía claro. Era su forma de responder ante las situaciones que no podía controlar. Dana no era una azafata que no volvería a ver, ni una persona predecible. Ponce, recto y tenso como un guardia suizo, la miró atento con el ceño fruncido—. Buenas noches, Ponce.

La agente esperó un segundo. Puede que el alcohol estuviera sacando un impulso impropio de ella, pero en ese momento quiso acariciarle la cara, sentir esa barba cerrada y áspera en sus manos. Pero reculó y se metió en el coche.

—Buenas noches, Laine.

—Hasta mañana.

—Que descanses...

Segundos después, el taxi se perdió por la calle Almirante.

Frente a la puerta del bar, el agente buscó un paquete de tabaco en el interior del abrigo y se encendió el cigarrillo en la fresca soledad de la noche. Luego se dijo que aquella no había sido su peor velada hasta la fecha.

16

Despertó con una leve quemazón en la cabeza. Odiaba esa sensación. Había olvidado beber un litro de agua antes de meterse en la cama. Eso siempre le ayudaba a levantarse mejor tras los excesos de la noche anterior. Pero era demasiado tarde para lamentarse.

Entró en la ducha, avergonzada por el comportamiento que había tenido con su compañero. Un sentimiento forzado por la desagradable resaca que, por fortuna, comenzó a diluirse con el agua fría que salía por la alcachofa de acero inoxidable. Tras unos segundos bajo el chorro, se miró las manos y un pinchazo en el dedo índice llamó su atención. Era una pequeña herida, un corte diminuto sin importancia que ya había cicatrizado. El rasguño la llevó mentalmente al interior del coche, al olor a pólvora quemada del disparo del día anterior, a la mirada de esa desconocida, al estallido y al cuerpo de ese informático.

El pulso se le aceleró.

Se sintió atrapada en el interior de la ducha, agarró una toalla y salió llena de ansia. El recuerdo era tan vívido que aún podía escuchar el ruido del tráfico que atravesaba la arteria barcelonesa. De nuevo, volvió a pensar que aquella bala era para ella. Y ese era su problema: había convertido una cuestión de Estado en algo personal.

«Si tan sólo se lo pudiera contar a él», pensó acordándose de Ponce.

La sed de venganza la corroía por dentro. Dana nunca había sabido manejar las disputas personales. Estaban relacionadas con su madre, con el constante abandono, con la necesidad de demostrar que ni ella, ni nadie, podían tratarla como les diera la gana. Y aquel disparo fortuito, inesperado, que puso su corazón a mil revoluciones en cuestión de segundos, fue suficiente para despertar los demonios que la llevaban a comportarse así, de un modo tan visceral, en lugar de pensar con la cabeza fría. Pero, ¿cómo contarle la verdad a ese hombre? ¿Por dónde empezar?, se cuestionó llena de dudas. Sabía que no era lo correcto. Sabía que últimamente estaba excediéndose hablando de trabajo. Allí nadie lo hacía de puertas hacia fuera. No era lo usual, pero ella tampoco era igual que el resto.

Mea culpa, pensó la mujer. Lo mejor era recular a tiempo.

Aún no se conocían demasiado y, aunque él parecía un hombre leal, no podía olvidar que ambos eran espías. Si Ponce conocía sus intenciones, sólo tendría dos opciones: delatarla o entrometerse en su plan. Para un agente, no existía objetivo más fácil que alguien predecible. Hasta el momento, con sus palabras, le había dejado claro que estaba dispuesto a frenar a todo aquel que fuera contra sus intereses.

Abandonó el apartamento con prisa, dispuesta a dar un paso adelante en esa investigación.

Con el pelo recogido hacia atrás con una cola, vestida con una camisa azul claro y unos vaqueros que marcaban su figura, se aseguró de que la CZ 75 estuviera cargada con las dieciséis balas que permitía y la guardó en el cinto.

Agarró el casco, la chaqueta de cuero y se dispuso a abandonar la vivienda, cuando algo vibró en el interior de su bolsillo.

—¿Ponce?

—¿Te has pegado a las sábanas, Laine? —preguntó el agente, con voz ronca—. El café se te enfría.

Dana sonrió como una adolescente.

Minutos más tarde, el motor de una moto ensordeció la calle. La agente atravesó el tráfico subida en su moto de fabricación italiana.

* * *

Cuando cruzó la puerta del Tim Hortons de la glorieta de Quevedo, el rótulo rojo de neón seguía iluminando como la primera vez que se reunieron allí, meses atrás, al poco de ingresar oficialmente como una agente del CNI.

Ponce ocupaba la misma mesa, en el rincón que había al final del pasillo. Acompañado de un vaso de café de medio litro, pasaba las páginas del periódico que tenía delante.

Los pasos de la agente desviaron su atención.

—¿Eres de sueño profundo? —preguntó el hombre y dio un largo trago a su café aguado—. ¿Qué entiendes por primera hora de la mañana?

Dana no estaba para bromas. El escozor de la cabeza aún le duraba.

—Como te bebas eso, necesitarás un váter en menos de media hora.

—Soy demasiado joven para preocuparme por la próstata, doctora —dijo y sonrió. Él sí estaba de humor. Quizá por lo sucedido la noche anterior, pensó ella, o tal vez sólo fuera por el hecho de enfrentarse a algo nuevo y prohibido—. ¿Un café?

—No, gracias —dijo Dana sin llegar a sentarse a la mesa—. Será mejor que salgamos. Tengo la moto mal aparcada.

Ponce levantó las cejas y echó la cabeza hacia atrás.

—¿No pensarás...?

—Es la vía más rápida.

—¡Ja! Ni hablar —contestó y dobló el diario—. Esto sí que no me lo esperaba. No pienso subir en tu moto y menos de paquete.

—¿Tienes miedo?

—¿Perdona, Laine? —preguntó ofendido—. ¿Ya no recuerdas cómo te dejé ayer?

—En un taxi, algo mareada. Venga, será mejor que nos movamos.

—¿Lo dices en serio?

—Y tanto —contestó y esta vez fue la agente quien le regaló la sonrisa—. No te preocupes, tengo un casco para ti.

—Hay que joderse... —murmuró y se puso en pie.

Ambos caminaron hacia la salida del local.

Dana sabía que, en el fondo, a Ponce le gustaba hacerse de rogar.

La máquina italiana revolucionó el motor y Ponce se agarró a la cintura de la agente. Hacía tiempo que un hombre no le cogía por detrás de esa manera.

—¿Estás bien? —preguntó ella antes de bajar la visera del casco.

—Arranca de una vez, Laine.

Todo o nada, pensó. Lo que estaban a punto de hacer, iba contra las normas aunque, en el fondo, no existiera nada escrito acerca de solicitar un informe.

Era una de las ventajas de trabajar para la Inteligencia: nadie, fuera del centro, conocía de su existencia, siempre y cuando no hubiera circulando un comunicado, una orden de detención o negación sobre ella. En una situación como la suya, puede que no tuvieran acceso inmediato a la información de la autopsia. A

restrain

la Policía le gustaba trabajar por su cuenta sin que la inteligencia metiera las narices. Empero, podían aprovecharse de las competencias y el CNP no les pondría trabas para facilitarle lo que solicitaran.

La moto salió de allí en dirección al barrio de Hortaleza, donde se encontraba la Comisaría General de la Policía Científica. Dana mantenía la esperanza de encontrar el resto de objetos personales que habían rescatado del cadáver.

Metió el puño, poniendo a prueba la cilindrada de su motor y atravesando los túneles de la M-30 como si le fuera la vida en ello. Las manos de Ponce se mantuvieron fijas y seguras. El peso del compañero se alineaba con los movimientos de su cuerpo. Llegar antes que Berlinger y descubrir qué había en aquel maldito reloj. Eso era todo lo que importaba. En cuestión de horas, todos seguirían la misma línea de investigación.

Pararon frente a la puerta de la Unidad de Investigación Tecnológica, un enorme edificio amurallado y protegido donde trabajaban los mejores policías del país.

Al bajar, Ponce estiró los brazos y se quitó el casco.

—Como te coja la Guardia Civil, tendrás que olvidarte de conducir así... —dijo el compañero a modo de reprimenda.

«¿Qué esperaba? ¿Un paseo turístico por la ciudad?», se preguntó ella mientras se deshacía del protector.

—Actúa con normalidad —dijo ella aparcando la moto—. Recuerda que no saben nada.

—¿Estás segura de esto? —preguntó el agente—. Una vez dentro, no habrá vuelta atrás.

Era una simple formalidad, como parte del guion que tenía que decir en voz alta, antes de ponerse en marcha. Para los dos, hacía un buen rato que ya no la había, desde el mismo momento en el que habían cruzado la puerta de esa cafetería.

Se identificaron como agentes del CNI, entraron y solicitaron revisar los objetos personales que habían obtenido en el asalto. Ponce habló con autoridad. Sabía lo que hacía, cómo comportarse, cómo fingir que aquello era real. Entonces Dana supo que no era su primera vez y que estaba acostumbrado a trabajar bajo presión. Lo cual, era un punto a su favor, pero también un aviso para mantenerse alerta. Los tipos como él, nunca mostraban su verdadero rostro.

Tras una breve discusión con un inspector reticente y empecinado en hacer una llamada para confirmar su visita, finalmente, los agentes tuvieron acceso al material solicitado.

Acompañados por un segundo oficial de Policía que les hizo de guía, cruzaron un pasillo blanco, subieron en ascensor hasta la segunda planta y, allí, junto a un tercer agente que custodiaba las pertenencias de Darío Fuentes, vislumbraron la documentación, el reloj, un teléfono móvil y las gafas sin montura que solía utilizar.

—Gracias —comentó Dana, mostrando la cara amable del CNI—. Han sido muy amables.

—Si no les importa —dijo el policía que los había llevado hasta allí—, mi compañero se quedará con ustedes.

Dana miró al hombre con total normalidad. Ponce chasqueó la lengua.

—Por supuesto —comentó el agente.

El policía se marchó por la puerta, dejándolos con su compañero. En silencio, Dana pensó en cómo podían distraer a su acompañante para llevarse el reloj sin que les viera.

—¿Qué hace el CNI revisando las pruebas de un homicidio?

Ella levantó la mirada y frunció el ceño. Ponce se adelantó a la respuesta.

—Intuyo que recibe pocas visitas, oficial —contestó Ponce.

Cuando quería, no sólo golpeaba con los puños, sino también con la palabra—. Intentamos ayudar, eso es todo.

El hombre entornó los ojos.

—Espere un momento, ¿es usted quién estaba en el coche? —preguntó ahora dirigiéndose a Laine—. Me suena haber visto su rostro en alguna parte...

—No sé cuánto más podré aguantar a este idiota, agente —susurró el compañero, fingiendo observar algunos de los objetos protegidos en bolsas de plástico.

—Perdone, ¿qué ha dicho? —preguntó mosqueado.

—Hace un calor horrible aquí dentro —dijo ella desabrochándose el primer botón de la camisa—. ¿Trabajan sin aire acondicionado?

El interés del agente se despertó al verla acalorada.

—No te preocupes, Laine —agregó Ponce—. El oficial te va a traer un vaso de agua bien fría, ahora mismo. ¿Verdad?

—Sería muy amable por su parte.

El policía, que no esperaba hacer tal cosa, se vio presionado por la mirada del agente y el falso sofoco de la compañera.

—Espere aquí... —dijo el oficial a regañadientes—. No tardaré. No toquen nada ni se vayan a ninguna parte.

Aquello había sido sorprendentemente fácil, pensó. Pero, por otro lado, tal vez nunca ocurriera nada interesante en la vida de ese tipo.

El mundo tendía a pensar que la vida del policía era de lo más emocionante mientras que, en muchos casos, se limitaba a la guardia rutinaria de vigilancia, mientras otros se dedicaban a la acción.

—Menudo zoquete —comentó Ponce, una vez el agente hubo desaparecido—. No me extraña que haya acabado custodiando las pertenencias de un cadáver.

La puerta quedó entornada. Laine abrió la bolsa por la cremallera. Metió la mano con extremo cuidado para no dejar huellas y sacó el reloj. Después lo ocultó en el interior de la chaqueta. Nadie se atrevería a registrarla.

Cuando dejó la bolsa, tal y como la había encontrado, la puerta se cerró.

—Agente, aquí tiene... —dijo el hombre, pero ella ya había terminado.

Se giró, agarró el vaso y le regaló una sonrisa.

—Oficial, mi compañero y yo disponemos de toda la información que necesitábamos —dijo, se bebió el agua de un trago y le dejó el vaso de plástico sobre la mano—. Gracias por su colaboración. Que tenga un buen día.

—Pida a sus superiores que le pongan una radio, aunque sea para hacerle compañía.

Sujetando el vaso de plástico entre sus dedos, el hombre se quedó pasmado, mirando como ellos se marchaban.

Una vez más, la suerte estaba de su parte.

17

De regreso a «La Casa» decidieron separarse a mitad del camino. Él volvería en su coche, un viejo Jaguar XJ de color granate comprado en 1997 y cuidado como el primer día.

Ella lo haría en su motocicleta.

Ponce, a pesar de su actitud, daba mucha importancia a las interpretaciones cuando se refería al trabajo. Le gustaba separar el oficio de los favores personales y, ahora, la relación que ambos mantenían, comenzaba a parecerse a una amistad.

Cuando Laine llegó a las instalaciones de su departamento, no pudo creer lo que vio. Berlinger y el resto de agentes parecían haber estado trabajando toda la noche.

El agente de la INTERPOL —del cual aún desconocían su procedencia—, junto a Navarro, se había puesto al mando de la operación. Los frutos de su gestión no tardaron en llegar.

En las pantallas por las que, el día anterior, se había retransmitido la muerte de aquel chico, ahora aparecían los rostros de varios sospechosos. Dos de las caras eran completamente desconocidas para la agente, pero una de ellas era le resultó familiar.

Julieta Méndez, la *hacker* y número dos del Partido Pirata Español se convertía en potencial sospechosa intelectual del asalto.

—Debe de ser una broma... —murmuró perpleja al observar el despliegue que el agente extranjero había montado allí.

Gracias a la influencia de Navarro, además de los dieciséis agentes que formaban la sección, por las instalaciones también entraban y salían hombres y mujeres de otros departamentos. Habían perdido la cabeza. El Ministerio del Interior les había dado carta blanca para que cazaran, con cuenta atrás y sin miramientos, a quienes interrumpieron su encuentro con Darío Fuentes.

—¿Te vas a quedar ahí toda la mañana? —preguntó el agente Ponce, que había llegado minutos antes que ella. Le había cambiado la expresión. Se le notaba más bien agitado por las demandas de la operación—. Las hormigas han estado trabajando mientras dormíamos.

—¿Por qué están ahí?

—Posibles enemigos o personas con motivos para atentar contra Darío Fuentes.

—¿Quiénes son ellos?

—El de la izquierda del todo se llama Arturo Estévez. Un abogado sindicalista —explicó señalando al sujeto del extremo izquierdo. Era un hombre de unos treinta años, delgado, con barba débil y marcas de acné en la piel—. Fuentes no se lo puso fácil durante sus años como director. El informático se enteró de que había tenido una relación con su anterior pareja y eso fue motivo suficiente para hacerle la vida imposible.

—¿Y el de al lado?

—Gonzalo Ledesma —dijo levantando el mentón y cruzando los brazos. El individuo parecía de la misma edad que el anterior. Sin embargo, éste era más guapo a los ojos de la agente. Tenía la barba cerrada y el flequillo hacia un lado. Su mirada desprendía un aire desvergonzado—. Antiguo miembro del comité anarquista al que perteneció Fuentes. No se llevaba del todo bien con él y parece que llegaron a las manos en más de una ocasión.

—¿Qué hay de los otros?

—A uno ya lo conoces —dijo señalando al más fornido. Su aspecto llamaba la atención. Tenía el rostro tenso, ancho y una mirada violenta—. Agustín Vilanova. Líder de España Unida, la formación de ultraderecha radical del país. Ha estado en la cárcel por agredir a un policía tras un partido de fútbol. También ha sido imputado por posesión ilícita de armas y sus cachorros han estado, en más de una ocasión, infiltrados en manifestaciones de ideología contraria. Las razones son obvias pero, por hacerte un resumen, Fuentes y él se conocían desde sus años de universidad. En más de una ocasión, asaltó el ordenador personal de Vilanova, pero no existieron denuncias porque éste tenía mucho que perder. Por el contrario, Fuentes sí que denunció varios asaltos violentos en la puerta de su casa.

—Sin mencionar quiénes eran los asaltantes.

—Por supuesto. Una bonita historia de amor.

—Entiendo...

—¿Y el último?

—Miguel Jardines Pérez, veintisiete años. Le llaman Jacko, por su gusto por Michael Jackson. No sabemos mucho de él, sólo que trabajó para Fuentes en Telefónica y que es otro rarito de los ordenadores.

—¿Por qué está ahí? —preguntó mirando la fotografía del chico.

Era diferente al resto, tenía el rostro ovalado, el corte de pelo como si llevara un casco de moto y su expresión provocaba pavor.

De los cinco candidatos, era el único que encajaba con el

segundo asaltante.

—Es uno de los principales sospechosos —remarcó Ponce—. Te va a sonar gracioso, pero han hecho un trabajo de orfebres. Debo reconocer que el punto de partido se lo lleva Berlinger.

—¿A qué te refieres?

—Durante la huida, tras abandonar la bicicleta, el individuo tuvo la mala suerte de pisar un vado recién pintado, dejando restos de huella de su zapatilla sobre la baldosa, en un tramo de cinco metros —continuó explicando el agente—. Un tropiezo sin más, si no fuera porque varios testigos lo reconocieron por su extraño comportamiento. Pero eso no es todo... Casualmente, el modelo de calzado que usaba, pertenecía a una marca nueva de zapatillas deportivas que sólo se adquieren a través de la web.

—No...

—Sí —dijo él sonriendo—. El modelo apenas lleva cinco meses en el mercado. Han buscado todos los registros de las compras relacionadas con ese modelo, con un número de pie entre el 40 y el 43, debido al tamaño físico del sujeto y la probabilidad de que éste fuera así. Una vez cercado el número de personas, se ha buscado la posible relación, de algún modo, con Darío Flores, y... aquí tenemos a Jacko.

Dana desvió la mirada hacia el agente extranjero, que continuaba al final de la sala, moviéndose de un lado para otro, con los ojos hinchados y un vaso de café en la mano.

—Admirable, sin duda —dijo ella y se acercó al compañero—. ¿Por qué está ella ahí?

—Ya la conoces.

—No tiene nada que ver en esto. Esa no es la mujer que nos asaltó, Ponce —dijo con rostro serio y preocupado—. Esos hombres tampoco pintan nada ahí.

—Buscan culpables.

—Pero ellos no lo son.

—¿Siempre estás tan segura de todo?

Dana volvió a mirar la fotografía de la *hacker*.

—Es la número dos. Estaba en el mitin. ¿Quién se buscaría un problema así? Son gente joven, quieren cambiar la sociedad, pero no a balazos. La mujer que me apuntó no temblaba. Me habría disparado si no te hubieras movido.

—Estabas conmocionada, Laine.

—Sé de lo que hablo —insistió—. Además, tenía un acento... exótico.

—Define exótico.

—Era hispanoamericana —recalcó—. Eso es todo lo que puedo decir.

Ponce estiró el brazo y señaló al extranjero.

—De verdad, explícaselo a él —contestó con severidad, desentendiéndose de las opiniones de su compañera. Su modo de actuar había cambiado en cuestión de unas horas.

Dana pensó que le habrían puesto en su sitio.

Al fin y al cabo, Ponce no estaba por encima del resto, y puede que esa mañana no tuviera el cuerpo para juegos psicológicos—. Han estado trabajando toda la maldita noche, así que no pienso discutir. He cumplido con mi palabra, pero no volvamos a hablar del tema. Navarro ha pedido que hagamos lo que se nos ordene y colaboraremos con él. Al parecer, en Europa están preocupados de que esto se reproduzca en otros países. Atraparlos con rapidez, hará que la INTERPOL se ponga una medalla, pero también ahuyentará a quienes puedan ver lo ocurrido como un acto de heroicidad. El asunto es más grave de lo que parece.

La agente se vio atrapada en un dilema.

Tenía el presentimiento de que estaban dando palos de ciego.

Volvió a mirar las imágenes. Jacko, el más extravagante de

los cinco. No había más que compararlo con el resto. Si el CNI estaba colaborando con la Policía, encontrarían a Jacko antes de que se pusiera el sol. Después le interrogarían y éste se negaría a hablar. Ese era todo el periodo que poseía para averiguar lo que había en el reloj. Una razón que apoyara su teoría.

Dana se mordió el labio al entender el poco tiempo del que disponía.

La mirada de Ponce se desvió hacia la puerta. Ambos escucharon un carraspeo.

Navarro aparecía acompañado de un desconocido.

—Agentes, preciso de su ayuda —dijo acercándose a ellos—. Tengo un encargo importante para ustedes.

18

Navarro los observó con la mirada cristalina e imperturbable que le caracterizaba. Tantos años en la profesión, lo habían convertido en un auténtico muñeco de trapo, con vida, pero sin alma. Su expresión era un sofisticado lenguaje de encriptación.

Nadie, nunca, sabía lo que ocurría tras las pupilas.

En esta ocasión, la persona que esperaba a su lado no era un agente de la INTERPOL, ni tampoco uno de campo por el aspecto que presentaba.

Ponce y Laine lo miraron expectantes a que les diera más información.

El chico, ya que su apariencia no alcanzaba los treinta años, tenía la cara redonda, la piel pálida y unas gafas de pasta negra que hacían juego con el color de su pelo.

Dana puso atención a las facciones, al traje desajustado, a la camisa blanca con pliegues que asomaba tras la chaqueta, a las mangas anchas y desproporcionadas. Aquel joven llevaba un traje por obligación. Su relación con el uniforme era puramente profesional. Y eso era lo más gracioso para ella. Mientras algunos agentes, una vez que se vestían de uniforme, se transformaban en superhéroes, una minoría se sentía como si estuviera bajo el envoltorio de otra persona.

—Les quiero presentar al agente Félix Muñoz, del departamento de Ciberseguridad del Centro Criptológico Nacional —expresó presentándoles al nuevo agente—. A partir de ahora, el agente Muñoz trabajará con nosotros en el operativo que estamos llevando a cabo. Toda ayuda es buena y Muñoz es de los mejores en su área.

—Un placer —dijo nervioso con una sonrisa que no encontró retroalimentación.

—Muñoz, estos son los agentes Laine y Ponce —prosiguió el jefe de departamento—. Cooperarán los tres juntos y se encargarán de ayudarle en lo que necesite. Los agentes Laine y Ponce redactarán un informe con todo lo que usted saque en claro de ese dispositivo, y después nos lo harán llegar. Somos conscientes de que conoce los protocolos, aunque no dude en preguntar si algo sale de su entendimiento...

—¿A qué se refiere, señor? —preguntó Muñoz.

—Aquí hacemos las cosas, un tanto diferentes... a lo que suele estar acostumbrado.

El agente asintió con la cabeza sin saber qué decir. Dana lo miró. Ahora entendía a dónde iban a parar los agentes que no accedían al entrenamiento físico. Era entrañable y no parecía albergar maldad en su interior pero, tanto ella como Ponce, estaban cabreados. Les habían encargado un trabajo deleznable. Prácticamente, Navarro los apartaba, convirtiéndolos en pisapapeles de oficina.

—Disculpe, señor —dijo Ponce, algo confundido—. ¿Qué quiere decir exactamente con trabajar juntos y redactar informes? Yo no obtuve el título de mecanografía.

Navarro dio un pequeño paso al frente y miró al subordinado.

—A partir de ahora serán tres... para todo.

La frente de Ponce se tensó. Su superioridad física poco tenía que hacer con el gran poder de su jefe.

—¿Está la señora Escudero al tanto de la situación?

—Por supuesto —dijo el hombre sin levantar la voz—. Le recomiendo que no se preocupe por eso ahora, agente... Le recuerdo que la basura de los medios de comunicación nos está echando a los leones. El gabinete de crisis del Ministerio del Interior exige una pronta respuesta. Ustedes tres hagan su trabajo y el Estado se lo agradecerá... El Gobierno necesita dar una explicación y asegurar a la ciudadanía que no habrá impunidad con esta clase de gente. De lo contrario, forzarán la dimisión del ministro... Créame, ni siquiera yo quiero que eso ocurra. Por desgracia, durante mi carrera, he visto lo que sucede después.

* * *

En el interior de un despacho, apartado del frenesí de energía que Berlinger llevaba a cabo con el resto de personal en la sala principal, la pareja de agentes miró al nuevo compañero.

—¿Cómo toleras esta clase de acoso laboral? —preguntó Laine afectada por el cambio de planes, viendo a Navarro desapareciendo por un pasillo, al otro lado del cristal.

—Acoso es Guantánamo. Esto se llama diligencia.

A pesar de su acidez verbal, Ponce era el que más afectado parecía. Empezaba a llevarse bien con Laine, pero ni por asomo se imaginó la irrupción de un tercero. Demasiada gente para él. Con los brazos en jarra, dio un repaso a Muñoz, que miraba a ambos con desconcierto. Las habilidades sociales no eran su mayor destreza.

—Muñoz, ¿eh? —preguntó. El chico asintió con la cabeza. Dana analizó atenta la situación. El compañero dio algunos pasos en círculo antes de continuar con la batería de preguntas—. Dime, ¿cómo termina un agente del CCN en una sección de campo?

—No fue mi petición —explicó con voz temblorosa—. El señor Navarro solicitó la ayuda de un experto en ciberseguridad y criptología para este operativo.

—Y te eligieron a ti.

—Así es, agente Ponce.

En un acto reflejo, Dana metió la mano en el interior de la chaqueta, pero no se atrevió a mostrarle el reloj. Algo le indicó que ese agente podía ayudarla pero, a pesar de su apariencia, no logró confiar del todo en él.

—¿Has disparado alguna vez un arma?

—No me ha sido necesario.

—Claro, ¡qué obvio! —contestó desviando la vista—. Vosotros sólo disparáis a los marcianitos de la pantalla... Lo que me faltaba... Una rata de cibercafé.

—Le he oído, agente —reprochó el informático—. Podría ser más respetuoso con mi labor. Hoy en día, gran parte del CNI depende de nuestro trabajo.

Ponce miró a Laine.

—¿Qué hacemos con él, agente Laine? —preguntó desafiante. Nervioso y atento, el agente Muñoz miró a Dana y después apartó la mirada. Ella no estaba por la labor de seguir aquel estúpido juego intimidatorio.

—No seas ridículo, por favor —dijo cortando cualquier tipo de presión y se dirigió al nuevo compañero—. Bien, Muñoz, entiendo que estás aquí porque tienes algo que puede aportar un poco de luz.

—Así es —respondió, dejó la mochila sobre la mesa y abrió la cremallera. Del interior sacó un ordenador portátil protegido por una gran funda hermética de plástico—. Este es el ordenador del chico que murió ayer en Barcelona. No era uno de los asaltantes, aunque sí tenía relación con ellos... La Policía requisó todo el material informático que guardaba, aunque parece que este es el único objeto de valor que encontraron. Al estar catalogado como atentado, no han puesto problema para que le diésemos un vistazo... temporalmente. Después de todo, nosotros sí que sabemos lo que buscamos.

Sus palabras dejaron un gusto amargo en la agente. No entendió muy bien cómo se sentía.

—¿Ah, sí? —preguntó Ponce cautivado por la seguridad con la que hablaba aquel muchacho sobre su trabajo—. ¿Y qué es?

El joven agarró unos guantes de látex de la mochila y se los puso. Después sacó el ordenador del interior de la bolsa. Finalmente lo conectó a la corriente con un cargador universal y lo encendió.

—¿Entonces es cierto que se trata de un atentado? —comentó Laine. Las pupilas le brillaban.

Muñoz se sentó en el escritorio. Ponce cerró la persiana de la oficina y los dos agentes se colocaron detrás del nuevo compañero.

El ordenador se inició.

Se escuchó un ruido del disco duro y el ventilador se puso en marcha.

Una pantalla con un pingüino apareció en el inicio. Las monturas del joven agente se resbalaron por el tabique a causa de la grasa de su piel. El chico empujó el puente de sus gafas hacia atrás. Miró a los dos con una sonrisa pícara, como si guardara un secreto que sólo él entendía y estiró los dedos con total profesionalidad.

Era un atleta olímpico del teclado.

—¿Atentado? Más bien, diría que no... —contestó con el

rostro iluminado por el brillo de la pantalla y miró hacia atrás, por encima de su hombro. Dana y Ponce escuchaban intrigados—. En el momento en el que sólo hubo una víctima, se descartó esa posibilidad...

Ponce lo agarró por los hombros y lo encaró girando la silla de ruedas.

—¿De qué carajo hablas?

Con el pecho encogido, Muñoz lo miró a los ojos.

—El intercambio... El CNI y la Policía estábamos al corriente... Varios testigos han corroborado aquello. Ese chico no había sido el asaltante, pero el Ministerio... —respondió y se dio cuenta de que sus nuevos compañeros habían permanecido ajenos a las noticias. La expresión de los agentes se retorció, exigiéndole en silencio que terminara la explicación. Muñoz, consciente de haberse ido de la lengua, tomó aire y continuó—. El Ministerio del Interior quería pruebas...

—Pruebas, ¿de qué tipo? —insistió Ponce—. ¡Habla, joder!

Muñoz, a pesar del respeto que Ponce le generaba, se separó unos centímetros, moviendo la silla hacia atrás y agachó la mirada.

Con cada migaja de información, los agentes estaban más enfadados.

—Mierda... —reculó el informático—. Creo que no estoy capacitado para revelar información sensible de mi departamento...

Ponce lo miró fijamente.

—Escucha, agente de locutorio —dijo y lo levantó por una de las solapas de la chaqueta—. Cuenta lo que sabes o te arrepentirás de no haberlo hecho.

—¿Es una amenaza, agente?

Muñoz, a pesar de su respeto por la camaradería, cayó en

el error de ponerse a la altura de Ponce. Toda su inteligencia fue arrollada por un sentimiento de inferioridad e impotencia que arrastraba desde bien pequeño. Primero en la escuela, después en la academia y, finalmente, en el propio servicio de inteligencia. Las miradas, los desprecios y los comentarios jocosos en relación a su labor. Gracias a ellos, el Banco de España se protegía de las amenazas más peligrosas. Gracias a ellos, la privacidad de la clase política se mantenía intacta. Gracias a ellos, los tipos como Ponce eran capaces de localizar a un objetivo en cuestión de minutos. Y, sin embargo, todo lo que conseguían a cambio, no era más una palmada en la espalda.

Porque, allí dentro, también existían las jerarquías y una meritocracia que sólo se representaba en la calle, nunca dentro de las oficinas. Eran los raros, los chicos de los ordenadores.

Estaba harto de que le faltaran al respeto, de que su labor fuera menos importante para los agentes de campo, como si los tipos como él nunca se jugaran la vida.

La agente Laine, que tenía una psicología emocional superior a la de los dos hombres juntos, agarró por el pecho a Ponce, que ardía como una gárgola recién fundida, y se puso entre los dos.

—¡Basta! —exclamó. Los dos hombres la miraron, inconscientes de la escena que habían provocado entre tanta testosterona—. Estoy cansada de escucharos... Se supone que ahora somos un equipo. Estamos aquí encerrados y quiero respeto absoluto por parte de los tres... hacia los tres. ¿Queda claro?

Sus órdenes llegaron como un soplo de aire fresco para el agente nuevo y como una bofetada para el antiguo compañero.

Los dos, en silencio, no tuvieron más opción que aceptar.

—Por supuesto. Lo siento, agente Laine... —dijo el agente informático.

Dana se dirigió a Ponce, que se guardó los comentarios, echándose a un lado. Después, la agente regresó al joven.

—Por favor, Muñoz, cuéntanos lo que sabes —rogó con voz suave y relajada.

La situación no iba a mejorar si no ponían de su parte. Era consciente del dolor que guardaba el chico y también del talento que había en él. Sólo pretendía que Muñoz se sintiera valorado y cómodo entre ellos. Lo quería de su lado, que se lo contara todo—. Todavía estamos a tiempo de ponernos al día.

—El asalto formaba parte de un robo.

—¿Un robo? —preguntó Ponce, miró a Laine, creyéndose ahora sus sospechas, y apretó el entrecejo—. Me estás diciendo que ese hombre está muerto por culpa de un hurto...

—Sé que suena descabellado, pero así es...

—¿Y qué se supone que buscaban?

—Pues, la verdad es que...

—Un momento... —dijo Dana interrumpiendo la conversación. Ponce no supo cómo reaccionar. Lo que hizo, fue muy arriesgado, pero ni siquiera llegó a pensar en las consecuencias. Dana sacó el reloj de la chaqueta y lo dejó sobre el teclado del ordenador—. Esto es lo que buscaban... y tú vas a averiguar qué hay dentro.

19

point blank

Mientras Berlinger y el resto de la sección buscaba la causa de un atentado terrorista inexistente, allí dentro contemplaban la razón por la que Darío Fuentes había sido asesinado a bocajarro.

—Has perdido el juicio, Laine. Y no, no es una pregunta.

—¿Qué es esto? —preguntó Muñoz extrañado—. ¿Un reloj deportivo?

El segundero del reloj digital avanzaba.

—Es el reloj de Darío Fuentes —explicó Dana—. Los asaltantes intentaron quitárselo antes de huir. Quiero que compruebes lo que contiene.

—Pero, agentes... —dijo reticente—. Me han enviado para analizar el contenido del ordenador...

—No pongo en duda lo que nos cuentas, Muñoz... —dijo Ponce con gesto de preocupación. Después se acercó a la ventana, abrió un hueco de la persiana con los dedos y observó el resto de la sala—, pero, si es verdad, ya puedes mover el culo, antes de que ese agente de la INTERPOL entre poniéndolo todo patas arriba.

—Hazlo. Si no hay nada, nos pondremos con el portátil pero, si solucionas este embrollo, empezarán a tomarte en serio por quién eres y por lo que haces —contestó la agente Laine—. ¿Acaso has pensado en eso?

Sus palabras hicieron reflexionar al compañero. Ella tenía

razón, pero Muñoz era demasiado respetuoso con las normas. Existían personas incapaces de saltarse las reglas. Formaba parte de su naturaleza y sentían un gran dolor a la hora de infringir los códigos. Pero también existían otras incapaces de respetar a quienes imponían sus leyes. Y, en ocasiones extremas, Dana era una de ellas.

—Haz lo que tengas que hacer, pero date prisa... —comentó Ponce.

Por su parte, el agente Muñoz no tuvo nada que añadir. Se había dado cuenta de cómo funcionaban las cosas fuera de su departamento. Ponce se acercó a él, esta vez con más calma y lo agarró por el hombro para advertirle—. A partir de ahora, agente, ni una palabra de lo que pase aquí dentro. Ni delante de tu superior, ni tampoco si te preguntan los que están ahí fuera. ¿Lo entiendes? Si somos un equipo, debemos actuar como tal.

—Sí, claro... Mensaje recibido.

—Así me gusta, que nos llevemos bien.

De nuevo, los dos agentes se colocaron detrás de Muñoz para inspeccionar el contenido del aparato. Veinte años antes, lo que estaban a punto de hacer, no habría tenido sentido. Pero en el siglo XXI, la mayoría de los accesorios electrónicos podían conectarse a un ordenador. Muñoz sacó un largo y fino cable con puerto USB y lo conectó al reloj digital. Esperó unos segundos hasta que el sistema lo reconoció. Después abrió una ventana de la terminal del sistema, de fondo negro y letras verdes. Comenzó a teclear comandos que la pareja de observadores no lograba entender. Los caracteres caían por la pantalla como en esa famosa película de ciencia ficción y los dedos del agente se movían cada vez más rápido.

Ponce dio un paso atrás y miró a su compañera con complicidad. Ninguno de los dos entendía lo que estaba pasando, pero lo niveles de excitación aumentaban por segundos en el cuerpo de aquel muchacho.

Pasados quince minutos, el agente Muñoz giró ciento ochenta grados sobre la silla de ruedas para mirar a sus nuevos compañeros, que esperaban en silencio apoyados sobre el alféizar interior.

—¿Y bien? —preguntó Ponce desesperado—. ¿Has encontrado algo, cerebrito?

La expresión de Muñoz simbolizaba la victoria.

—Me temo que sí.

* * *

Ponce se sujetaba la cabeza por la nuca, con los dos brazos extendidos.

—Un archivo encriptado —dijo Laine, repitiendo las palabras de Muñoz—. Pero tú eres del CCN. Podrías desencriptarlo sin problemas.

—No es tan sencillo, agente Laine —contestó sin ánimo de explicarle lo costoso que era aquello—. Podría llevarme horas, días... No lo sé.

—Es lo que buscaban —agregó con seguridad mirando a Ponce—. Estoy más convencida que nunca.

—¿Qué más has descubierto? —preguntó el compañero.

—Respecto al portátil... El disco duro está casi limpio, debió usar una distribución de Linux desde un lápiz de memoria USB —respondió Muñoz moviendo los dedos como si fueran los de un pianista—. Es bastante común si tratas de no dejar huella. Probablemente lo hiciera para que no quedara rastro, ya que esta clase de distribuciones viene con todas las herramientas necesarias preinstaladas para acceder a la Deep Web, romper cortafuegos o provocar un ataque a base de un envío masivo de paquetes de información. Una vez que se extrae, la información desaparece del sistema.

Ponce apretó la mandíbula en silencio.

—Ahora, me lo dices en cristiano, para que te entienda.

Muñoz se quedó perplejo. La expresión de ese hombre la había visto anteriormente en las personas que trabajaban con él, en otros departamentos.

—En resumen, han usado un sistema instalado en una memoria externa. No deja señales, así que no podemos encontrar nada.

—Haz un análisis en profundidad —replicó Dana—. Es el ordenador personal de un chico de veinte años. Estoy segura de que hay algo. Siempre lo hay, por muy inteligente que sea. Todas las personas, incluso las más cuidadosas, solemos dejar un rastro de cualquier tipo. El ser humano es predecible e incapaz de controlar todo lo que hace en cada momento, por lo que tiende a cometer descuidos. Él también pudo tener uno. No me creo que supiera que iba a morir.

—¿Y qué cambiaría eso, agente Laine? —preguntó Ponce sin entender muy bien hacia dónde quería llegar—. No nos importa lo que hiciera en su tiempo libre. Nos interesa qué había hecho con este maldito ordenador.

—Te equivocas por completo —contestó ella—. Es psicológicamente imposible desprendernos de nuestra impronta con cada paso que damos.

—Disculpad, pero ahora no sé quién habla más raro de los dos...

Dana se acercó a un lado del agente Muñoz y señaló a la pantalla.

—Abre el historial del navegador —ordenó confiada—.

Comenzaremos por ahí.

—Sí, claro —dijo y tecleó un comando que abrió el navegador—. Es el único que hay instalado. Fuera de aquí, todo lo que hizo, quedó eliminado.

—Es suficiente —dijo ella mirando la lista de sitios web que el chico había visitado. La mayoría eran del día anterior, pero también había olvidado eliminar los registros de las anteriores cuarenta y ocho horas—. Quiero que anotes todos los enlaces recurrentes que haya visitado... Quizá nos diga algo. También quiero que controles los sitios a los que haya accedido dos o más veces en los últimos días. En caso de que encuentres algo que pudiera ser útil, visítalos y haz una ficha de las características.

—Por supuesto, pero...

—¿Sí, agente?

—Hay un... pequeño problema —dijo Muñoz—. Para comprobar la información del enlace, necesitaría conectar el ordenador a Internet.

Los tres agentes se miraron.

Conectar un dispositivo no autorizado, significaba saltarse los protocolos de seguridad.

Una acción así podía poner en peligro el sistema de protección del CNI.

—Ni hablar —respondió Ponce al tanto de la responsabilidad que eso conllevaba—. No te conectarás a ninguna parte. Haz la lista, saca las conclusiones e intentaremos pensar en algo.

Pero era demasiado tarde. La idea ya había contaminado la cabeza de la agente.

—¿Y si encontramos algo relevante?

—Escucha, Laine. Lamento decirte esto pero, ahora mismo, hemos llegado todo lo lejos que podíamos —dijo con voz seria y molesta—. Tú también, Muñoz. Los tres. ¿Queda claro?

Redactemos el informe y punto... No pienso jugarme el pescuezo por conectar ese aparato a la red.

—No tiene por qué pasar nada, Ponce —agregó Dana.

—Existe una probabilidad de...

—Cierra el pico —ordenó el agente al ver que se oponían a su decisión. Lo que más detestaba era no poder asumir el mando del equipo—. Laine, ¿podemos hablar de esto fuera?

La mujer miró a los dos hombres.

Aunque no le hiciera falta decir nada, sabía que Muñoz tenía tanto interés como ella por conocer lo que había en ese historial. La curiosidad de saber más; la sensación de estar a las puertas de algo revelador, era superior a sus fuerzas. No obstante, convencer a Ponce no iba a ser tarea fácil y, en el fondo, esa era una jugada arriesgada que podía terminar con graves consecuencias.

Dana abandonó el despacho y Ponce la siguió.

—¿Me podéis traer una Coca-Cola? —preguntó cuando ya habían salido.

Después soltó un pequeño gruñido de incomprensión, levantó los hombros y miró hacia la pantalla.

Con los ojos iluminados, el agente continuó tecleando.

20

(M) concrete

La llama del mechero prendió la punta del cigarrillo. Necesitaban un poco de aire, regenerar las ideas y salir del interior de aquella jaula de hormigón con ventanas.

En el aparcamiento de «La Casa», Ponce dio una profunda calada y exhaló el humo como si fuera el tubo de escape de un camión.

—Estoy haciendo un esfuerzo con mi paciencia, Laine, pero lo que pides es una barbaridad —explicó sujetando el cigarrillo entre los dedos—. Quizá puedas convencer a un *friki* de los ordenadores como Muñoz, pero no a mí. Estamos a punto de cruzar ciertas líneas rojas.

—Deja de hablar así de él —reprochó la agente—. Es un agente como nosotros y su ayuda está siendo esencial. Te pido que le trates con respeto.

—No voy a delegar toda mi responsabilidad en una novata y en un informático del que apenas sé nada.

—Nadie te ha dicho que estés al mando, Ponce.

La contestación de la agente le sentó a Ponce como un juego de afilados puñales clavándosele en el estómago. A su pesar, ella tenía razón. Se había excedido, pero en el fondo sólo intentaba protegerla de un error fatal.

—Está bien, como quieras, pero no formaré parte de esto

—dijo dando una fuerte calada.

Sus palabras dolieron, así como los sentimientos que era incapaz de entregar en voz alta. No se juzgaba por ello, había aprendido a lidiar con sus defectos. Nadie era perfecto, ni la persona que tenía delante, ahora cegada por la testarudez y el espíritu joven de los recién llegados. Pero decirle la verdad, no siempre era una solución. Ella tendría motivos para llevar adelante su plan y él se lamentaría más tarde por haber propagado el fuego de un bosque ya en llamas—. Quiero que quede claro.

—No te preocupes. Pase lo que pase, no te salpicará.

El agente Ponce tiró la colilla al suelo y se acercó a la compañera.

—Laine, conozco esa expresión, yo también la tuve cuando llegué a «La Casa», la puedo ver en tus ojos... pero supongo que los años me han hecho perder el brillo, y también la esperanza, así que no logro entenderlo... —dijo pensativo, clavando sus pupilas en el iris azul de la mujer—. ¿Qué es lo que te lleva a poner tu carrera en juego?

El agente señaló el corazón de Dana. Hasta el momento, él nunca la había mirado de esa forma. Intentaba entrar en su cabeza, contagiarse de la inquietud que se desbordaba por los poros de la piel de la compañera. Dana observó la mano de Ponce y sintió algo extraño en aquel gesto. Extraño, pero agradable. Confiaba en ella. Cerró los ojos, tomó aire y los volvió a abrir. Después se dirigió a él.

—Ya sé que no somos policías —contestó—, pero si de verdad ese objeto contiene algo... ¿Cuáles son los motivos para no cazar a quienes nos dispararon?

Ponce pensó.

—¿Evitar problemas?

—Es demasiado tarde para eso —replicó ella—. Ambos lo sabemos.

—Evitar más problemas, entonces.

—Puede que estemos detrás de algo más grande de lo que parece —contestó Laine, buscando la manera de motivar al agente—. Fuentes era un sádico. Quien hizo o pensó esto, no lo conocía bien y no le tenía ningún miedo.

—¿Qué insinúas, Laine?

—Las personas como Fuentes suelen cansarse pronto de quienes no están a su altura. Ven a los demás como un desafío que superar... Razón para que dejara el trabajo corporativo y decidiera dedicarse a la política —reflexionó—. Tenía dinero, había suplido esa parte, y ahora quería poder. Me fijé en esa chica que aparecía con él en las fotos. Noté cómo se miraban durante el mitin político... Tenían algo juntos, aunque intentaran guardar las apariencias. Estoy segura de que no estaba con ella por interés, sino porque realmente le atraía su personalidad. Si no recuerdo mal, Julieta Méndez también es una de las mejores del país.

—¿Me estás diciendo que le atraen las empollonas? —cuestionó desconcertado—. ¿Qué tiene que ver eso ahora?

—Te estoy diciendo que estamos a un paso de atraparlos, pero Méndez no es la mujer que me disparó... —explicó por enésima vez, intentando convencer al agente—. Sé que no le haría daño.

—¿Por qué confías tanto en el amor?

Dana sintió una profunda tristeza al escuchar la pregunta.

—Porque sé lo que es capaz de provocar en otras personas... cuando existe. Puedes manipularlas hasta la saciedad, mientras la llama siga encendida en su interior... —respondió pensando en Carlos y en cómo lo había tratado—. Ponce, tenemos el reloj. Navarro nos ha apartado metiéndonos en una pecera. Sea lo *anxiety*

20

que sea, vayamos hasta el final con esto.

—Otra vez con esa historia, mira que lo sabía... —contestó desquiciado, harto de escucharla. Dana era como un martillo inagotable—. ¿Es que no puedes esperar setenta y dos horas a que esto termine? ¿Tanto te cuesta pasar página?

Su compañero tenía razón. En un máximo de setenta y dos horas, Berlinger habría desaparecido, Navarro habría puesto fin a su caza, con o sin éxito, y el Ministerio del Interior tendría una respuesta para calmar el desasosiego de la sociedad.

Siempre había una solución para todo aunque, a primera vista, no pareciera la más adecuada.

Pero aquella ocasión era diferente. Sobre todo para Laine. En su corazón, no existía la posibilidad de dejar marchar, sin haber hecho nada por atraparla, a la mujer que le había apuntado con el arma.

Por su parte, Ponce había tocado fondo. Las venas se le marcaban en el rostro enrojecido y parecía ahogado por la corbata que le apretaba la nuez.

—Olvídalo —respondió la agente rompiendo el silencio y tomando un respiro. La intuición femenina de Laine podía ir más allá que la lógica de su compañero—. Quédate fuera de esto, de verdad. Ya has hecho bastante por mí. No quiero meterte en más líos...

—Laine, no vayas por ahí...

Dana miró al cigarrillo y pensó que era hora de regresar a la oficina.

—No, estoy siendo sincera —dijo con un poso de derrota entre sus palabras. Sin él, no se sentía capaz, pero debía aprender a seguir igualmente—. No quiero que te sientas obligado.

—¿Sabes? Me queda grande este asunto de empollones.

—Se llama sapiosexualidad.

—Sapo... ¿Qué?

—La atracción hacia las personas inteligentes... En fin, tengo que regresar a la oficina —dijo y echó a andar hacia la entrada del edificio—. Puede que Muñoz haya encontrado algo.

—¡Agente Laine! —exclamó Ponce a varios metros de ella, sin moverse de su sitio, con el cigarrillo entre los labios y la mirada relajada. Dana detuvo la marcha y se giró—. ¿Por qué no lo consultas con la almohada?

La agente Laine sonrió a su compañero.

—El tiempo se consume... como el cigarrillo que tienes en la mano.

Después retomó su camino y cruzó la puerta automática del enorme edificio. Ponce pegó la última calada y siguió sus pasos.

* * *

Cuando abrió la puerta de la oficina, Dana encontró a Muñoz en el mismo escritorio donde lo había dejado.

—Tenías razón, agente Laine —dijo tan pronto como notó su presencia—. El sujeto había dejado un importante rastro en su historial.

Interesada, sintió cómo el corazón le latía más fuerte. Se acercó al informático y comprobó la pantalla.

—¿De qué se trata?

—Un sesión abierta de chat —contestó—. Aparentemente, el propietario se había descuidado accediendo a ciertas páginas desde el navegador predeterminado. He encontrado en el historial, además de enlaces de contenido sexual, un acceso recurrente a un chat de Telegram, la conocida aplicación de mensajería que suelen utilizar en estos casos.

—Para eso no es necesario conectar el ordenador a la red

—intervino el agente Ponce, apareciendo el último y cerrando la puerta con su irrupción—. El CNP tendrá el teléfono confiscado. Podemos solicitar su entrega y acceder al sistema del terminal.

El informático forzó una mueca de desacuerdo.

—¿Crees que fue un descuido? —preguntó Laine.

—No estoy del todo seguro de que fuera tan idiota como para hacer eso —contestó—. Lo más probable es que usara un teléfono de usar y tirar para darse de alta, y visitara algunas páginas comunes, en caso de que la Policía lo detuviera. En mi opinión, la única razón por la que habría accedido al chat desde aquí, era por las *cookies*.

—¿Las qué? —preguntó Ponce.

Muñoz suspiró de nuevo.

—Datos únicos que se almacenan en nuestro ordenador —explicó como pudo—. Esto permite regresar a ciertas páginas, sin necesidad de autentificarse. Si lo hubiera hecho desde el sistema de arranque fantasma, no habría tenido acceso a la conversación. Y dado que el número utilizado no lo tenía...

—Otra vez, estás volviendo a hablar raro...

—Sigue, por favor —dijo Dana.

—Suelen operar de la siguiente manera —prosiguió, buscando un lenguaje sencillo y llano para que sus compañeros pudieran comprender el modo de operar de los asaltantes—. Una persona actúa como centralita, utilizando un número real, normalmente de prepago. Este número suele estar desconectado la mayor parte del tiempo, o en un lugar remoto, para que nadie triangule la señal. La centralita se comunica con el resto a través de estas aplicaciones, las cuales ofrecen un sistema de mensajería encriptada, difícil de descodificar, y a las que se puede acceder desde cualquier dispositivo. Una vez que se activa la cuenta, ya sea en el navegador o en un teléfono, no es necesario hacerlo de nuevo, y siempre se puede cerrar la sesión o borrar los mensajes de manera remota, lo cual evitaría que los secuestradores del aparato pudieran acceder a las conversaciones.

—Por eso crees que dejó la sesión abierta.

—Quizá no se anticipó a los hechos —respondió—. ¿Se ha publicado la noticia?

—¿Quieres decir si el Gobierno ha hecho público que ayer frió a balazos a un estudiante? —cuestionó Ponce—. Por supuesto que no.

—En ese caso, todavía existe la esperanza de que podamos hacer algo.

—¿De qué hablas? —preguntó el agente.

—Si entramos en esta sesión web de Telegram, desde este mismo ordenador —explicó con voz pausada—. Quizá podamos hacernos pasar por él, hablar con la persona que está al mando e intentar llegar a un encuentro. Tenemos una oportunidad y el tiempo escasea. En cuanto la noticia se filtre, sabrán que el chico ha muerto y lo habremos perdido todo.

Dana miró a Ponce.

—Ya sabes lo que pienso de esto, agente...

Una decisión que cambiaría el rumbo de los acontecimientos. Nunca había estado tan cerca de la verdad. Sentía que podía lograrlo.

—Prepáralo todo —ordenó Dana con la mirada clavada en la pantalla—. Entramos en diez minutos.

—¡Mierda! —exclamó Ponce dando un puñetazo contra la pared.

La astucia de la agente ponía a prueba la inteligencia de quien estaba al otro lado de la pantalla, sin tener en cuenta de que aquel territorio era desconocido para ella.

21

Los diez minutos más largos de su carrera. El tiempo corría más despacio que en una primera entrevista de trabajo.

Abandonó la oficina, le faltaba el aire y no podía pensar con claridad.

La presión aumentó en su cuerpo, sintiendo una gran pelota de plomo en la boca del estómago. Atravesó el salón en el que Berlinger continuaba dirigiendo a los hombres de Navarro y cruzó el pasillo de mármol escuchando el eco de sus botas.

Cuando llegó al final, entró en los baños de señoras y se apoyó exhausta en uno de los lavabos. Inspiró y exhaló varias veces, con las manos sobre la cerámica, enfrentándose al espejo.

Pulsó el botón del grifo, hizo un cuenco con las manos y se refrescó el rostro con agua. Después se enfrentó a su reflejo. Estaba agotada, pero eso no era todo. Por primera vez, asumir una responsabilidad tan grande, le pasaba factura. Dana siempre había sido una mujer independiente y fuerte, pero las pequeñas decisiones de su vida tenían poco que ver con lo que sucedía allí dentro.

El CNI contaba con un fuerte sistema de protección anti ataques, además de una serie de protocolos para evitar que los piratas informáticos llegaran hasta el final del agujero. Sin embargo, no era perfecto. Si conectaba el ordenador a la red, sería como abrir las puertas de una casa a cualquier desconocido, permitiendo la libre entrada, sin tener que enfrentarse a los cortafuegos. Una decisión compleja que superaba su alcance intelectual.

Suspiró angustiada, con el corazón en un puño, confundida entre seguir adelante o retractarse.

«Estás tan cerca...».

Volvió a pensar en la jornada anterior, en Escudero sujetando aquel teléfono y en los disparos que sucedieron a la conversación. Podía haber evitado una muerte, pero no tuvo el coraje suficiente para hacerlo.

Pensó que la carga sería menor, si la decisión la tomaban otros, pero comenzaba a pesar del mismo modo al creer que no había hecho nada al respecto.

¿Dónde está el límite?, reflexionó mirándose a los ojos.

Con paso firme y rápido, cruzó de vuelta el pasillo y entró en la sala de operaciones. En una de las esquinas, vislumbró a Escudero en su despacho. Caminó hacia el despacho, llamó a la puerta y, sin esperar una respuesta, entró.

Esa mujer era la única salida.

* * *

Escudero colgó el teléfono.

—Señora, necesito hablar con usted —dijo alterada, respirando con profundidad. Sus expectativas eran bajas y ella rogaba por un milagro—. Es la única persona que me puede ayudar.

—Relájese, agente Laine —dijo la mujer intrigada por la irrupción. Al comprobar su rostro, limpio de maquillaje y con la mirada concentrada en ella, se temió que algo estaba sucediendo

Cautious, Wary

en su cabeza—. ¿Se encuentra bien?

Dana se acercó al escritorio y se cuestionó si podría confiar en ella. No estaba dispuesta a exponer todo lo que había descubierto, ya que eso le haría cambiar de parecer. Debía ser precavida. Dar pequeños pasos, pero decisivos. Sólo existía una manera de saberlo y decidió dejarse llevar por su intuición.

—Sabemos lo que está ocurriendo.

La mujer asintió como si hubiera dicho una obviedad.

—¿Han encontrado algo?

—Le estoy hablando en serio, señora —dijo cargándose de valor—. No se moleste en confundirme. Estoy al corriente de lo que el señor Navarro está haciendo para distraer a la INTERPOL.

La explicación desarmó a Escudero, que no esperaba una respuesta así por parte de la subordinada.

Era la primera vez que Dana la veía dudar.

La mujer intentó ocultar el desasosiego.

—Siéntese, por favor.

—No tenemos tiempo para eso.

—¿A qué se refiere?

—He venido porque necesito su ayuda... y permiso.

—Agente Laine, estoy demasiado ocupada con lo que está pasando en la sección. ¿Acaso cree que tengo tiempo para supervisar su trabajo? —preguntó agitada—. Redacten un informe si han encontrado algo de interés en ese ordenador y entréguemelo. Yo se lo daré personalmente a Navarro. El centro está pasando por una situación crítica, no sé si es consciente de ello.

—Creo que no me he explicado bien, señora...

—Pero me temo que yo sí —respondió con dureza. Ahora, su mirada férrea invitaba a la agente a que se marchara. Escudero podía ser misericordiosa cuando quería, pero también una auténtica dama de hierro—. ¿Agente?

—Hemos encontrado una vía de comunicación con los asaltantes.

Aquello despertó, de nuevo, el interés en la jefa.

—¿Qué quiere decir con una vía? Le pido que sea más precisa.

—Una sesión abierta de chat —señaló—. Al parecer, se comunicaban a través de Telegram, mediante un número de usar y tirar, motivo por el que nunca cerró la sesión del ordenador. Si lo hacía, tendría que haber conseguido otra tarjeta SIM. Es un buen método para que se localice al usuario.

—Vaya... —dijo y miró al teléfono blanco de su escritorio—. ¿Y qué piensan decirles? ¿Que tenemos el teléfono de uno de sus hombres?

—Están buscando el reloj.

Escudero ladeó la cabeza.

—Explique eso.

—Durante el asalto, intentaron llevarse el reloj que Darío Fuentes llevaba —explicó y continuó, antes de que Escudero saltara sobre ella, al señalar semejante estupidez—. Un Garmin digital. Creemos que en ese reloj estaba almacenado el programa informático que buscan.

Cuando terminó, la jefa aguardó unos segundos.

—Espere un momento, no se mueva.

—No, no lo haga —contestó interrumpiéndola—. No se lo comunique a Navarro. He recurrido a usted porque no tenemos tiempo y no puedo hacerlo sola.

La mujer respiró profundamente. Necesitaba cubrirse las espaldas con alguien más, pero Navarro era la última persona que debía aprobar tal movimiento.

—Hay que seguir el protocolo, agente —respondió—. Debo informar sobre la existencia de ese objeto. Esto lo cambia todo...

—¡Al infierno el protocolo, señora! —bramó con los ojos clavados en ella, a la espera de una reacción humana y no burocrática. La mirada de Escudero se incendió—. ¿No lo ve?

—¿Qué ha dicho?

—Las personas que nos asaltaron, no contaban con que Darío Fuentes fuera acompañado por dos agentes —explicó Laine, harta de tanto hermetismo—. Fuentes iba a reunir con el ministro para entregarle una información de gran valor y los asaltantes eran conscientes de ello... Todos lo sabían, menos nosotros... Navarro, una vez más, le está poniendo la zancadilla mientras intenta salir airoso de esta situación... sin mencionar a ese agente que la INTERPOL nos ha metido aquí para resolver este embrollo.

—Agente Laine, está sobrepasando...

—Le estoy contando la verdad —interrumpió provocándola todavía más, pero Dana ya no tenía freno—. ¿De verdad va a descolgar ese teléfono para pedirle permiso al hombre que la está traicionando? Navarro y Berlinger vendrán a por mí y se desharán de usted. Si realmente quiere sentirse útil, es el momento de apoyar a quienes confían en usted.

Las pupilas de la mujer se encogieron. Como Muñoz había dicho, todos los sistemas de protección tenían alguna grieta. Las personas no eran diferentes y Dana había encontrado la brecha por la que destruir la coraza de su jefa.

22

Cada minuto era decisivo y cada acción tenía su consecuencia.

Las dos mujeres entraron en el despacho donde los agentes Ponce y Muñoz esperaban en silencio. Ninguno de ellos disimuló la sorpresa, al ver a la agente Escudero acompañando a Dana.

—A eso lo llamo aprovechar el tiempo... —comentó Ponce, apoyado en el canto de una mesa con los brazos cruzados—. Bienvenida a bordo, señora Escudero.

—La agente Laine me ha informado de lo que han descubierto —dijo la mujer y, del interior de su chaqueta beige, sacó unas monturas de vista. Después se inclinó para mirar a la pantalla—. Dice usted, Muñoz, que no existe otra manera de conectar, si no es a través de este terminal.

El informático miró frustrado a la mujer. No comprendía cómo, algo tan obvio, resultaba tan difícil de comprender para algunos.

—No, señora. No la hay.

—Con todos mis respetos, señora —dijo Ponce desde su posición—. ¿Por qué no me informó de lo que íbamos a hacer en Barcelona? Esto podría haber terminado de otra manera. Habríamos tomado precauciones y nos habríamos ahorrado un disgusto.

grief, annoyance

128

note same use of "save" as for avoid.

La mujer esperó unos segundos. Le costaba aceptar que ella también había sido engañada.

—No es momento para discusiones, agente. Centrémonos en lo que tenemos...

—¿Lo sabe Navarro?

—Agente Ponce —contestó girándose ciento ochenta grados—. Ahora mismo, soy la persona que está al mando aquí dentro. Limítese a obedecer mis órdenes sin cuestionar cada palabra de lo que digo, o le mandaré con esos hombres que trabajan ahí fuera.

—Como guste —dijo él—, pero no se equivoque. Yo estoy de su lado, jefa... Sólo intentaba decirle que ese ordenador no es el más seguro.

—Soy consciente de ello, agente. Gracias por la información que ya tenía... —dijo y le dio una palmada en el hombro al informático—. ¿Tienen alguna idea de la persona que estará al otro lado?

El silencio respondió por los tres.

—Me lo imaginaba. ¿Alguna noticia del CNP?

—Me temo que desconocen lo que hemos averiguado... —agregó Muñoz.

—Vaya, rozando los límites... —dijo con profundo suspiro. Después le dio otra palmada en el hombro al informático—. Agente Muñoz, ya sabe lo que tiene que hacer. Mi paciencia ha llegado a su fin.

* * *

El agente Muñoz se encargó de preparar el dispositivo para conectarlo a la red. Alrededor del escritorio, supervisados por Escudero, miraban atentos a las líneas de código que aparecían *cleared his throat*

en la terminal de la pantalla.

Pasados varios minutos, el agente especializado carraspeó.

—Estamos conectados —dijo y acercó la mano hacia la tecla F5 y actualizó la ventana del navegador. De pronto, el chat de Telegram se abrió.

—Comprueba si hay algún rastro de la última conversación.

—No, no hay nada. La otra parte debió eliminar los registros.

—¿Ahora qué? —preguntó Ponce en voz alta. En realidad, ninguno de los tres sabía muy bien hacia dónde ir, pero sólo el agente emitía las dudas que flotaban en las cabezas de los cuatro—. Verifica el número al que está registrado el usuario.

Muñoz tomó nota del número en un papel y se lo entregó a Ponce.

—Voy a averiguar de dónde procede —dijo y abandonó el despacho.

Dana miró de rojo a Escudero, que contemplaba atenta la pantalla, esperando que sucediera algo. En el fondo, la jefa pensaba lo más rápido que podía pero, a diferencia de lo que solía aparecer en la ficción, ellos eran humanos y eso los hacía vulnerables.

—Será mejor que le hagamos una pregunta —dijo Muñoz frotándose los dedos—. No tenemos por qué preocuparnos. No pueden rastrear la señal porque estoy usando una máscara de IP. En caso de que intenten averiguarla, el sistema creerá que estamos conectados desde Barcelona.

—¿Y si están allí? —preguntó Escudero—. ¿Y si ya conocen lo que ha ocurrido?

—Están en Madrid —aseguró Dana—. El cadáver de Fuentes está aquí.

—No han pasado ni veinticuatro horas, agente Laine —replicó Escudero—. Dudo mucho que hayan intentado acercarse a los alrededores, sabiendo que la Policía está buscándolos. Son criminales, no la CIA.

—Lo mejor será que nos hagamos pasar por el chico... —sugirió Muñoz, provocando un silencio rotundo en el despacho. La idea de suplantar a una persona muerta, era un tanto desagradable.

—Adelante, hágalo —ordenó Escudero.

Dana la miró sorprendida. No esperaba tal iniciativa.

Muñoz abrió el chat y dio una larga respiración. Aquella conversación sería como una partida de ajedrez. Un movimiento en falso y jaque mate.

Muñoz:

Hola, soy yo. Estoy vivo.

Jacko:

Contraseña de seguridad.

Los agentes esperaron.

—¿Contraseña? —preguntó Muñoz.

Dana y Escudero se quedaron en blanco.

—¿Cómo no han pensado en eso antes? —preguntó Escudero—. Principiantes...

—Dile que no hay contraseña —respondió Dana—. Es mejor esa respuesta que escribir algo sin sentido.

Muñoz miró a Escudero y después tecleó en la pantalla.

Muñoz:

Estoy vivo, ¿qué más quieres?

—¿No se le ha ocurrido nada mejor, Muñoz? —cuestionó Escudero. Estaba nerviosa y respondía de esa forma en las situaciones más tensas—. Si está escribiendo, ¡por supuesto que está vivo!

—¿Qué quería que dijera? —preguntó—. Había que romper el hielo de alguna forma, ¿no?

—Mirad —señaló Dana al ver un mensaje bajo la conversación de la pantalla—. Están escribiendo.

Jacko:

Ja, ja. Tienes razón. Sólo bromeaba...

Los agentes sintieron un profundo alivio. La línea gris volvió a aparecer.

Jacko:

Vic. ¿Dónde estás? ¿Te han cogido?

Muñoz:

No... Conseguí huir en bus. Estoy en Madrid. ¿Y tú?

Dana le tocó el hombro.

—Pregúntale por el robo —rogó la agente—. Dile que sabes dónde está el reloj y quién lo custodia, pero adviértele de que esta línea no es segura.

—¡Deténgase! —intervino Escudero poniendo su mano sobre la mano del agente—. ¿Cómo está tan segura de eso?

—¿Tiene una idea mejor, señora?

—He pensado en algo... —dijo Muñoz con una sonrisa maquiavélica.

Muñoz:

¿Lo conseguisteis?

Jacko:

No.

Muñoz:

He hackeado las líneas de la Policía. Sé dónde está el reloj.

El interlocutor esperó unos segundos. Por un instante, creyeron haberlo perdido. Después volvió a escribir.

Jacko:

¿De qué reloj estás hablando?

Escudero estaba más nerviosa de lo habitual. No parecía confiar en los movimientos de sus agentes.

Muñoz:
El reloj de Fuentes, donde está guardado el programa.

La puerta se abrió de golpe. Era Ponce, le brillaban los ojos. Había conseguido algo.

—Laine, Escudero —dijo asomándose alterado—. Están en Madrid. El terminal está comunicándose desde el intercambiador de trenes de la Plaza de Castilla.

—¿Está seguro, agente?

Jacko:
Genial. Buen trabajo, Vic. Por cierto...

Muñoz:
¿Sí?

Ponce asintió con la mirada.

—Es un dispositivo móvil. Se está moviendo —contestó deseoso de abandonar el edificio e ir tras la pista—. Laine, mantenlo ocupado para ganar tiempo. Salgo ahora mismo para allá.

—¡No, espera! —respondió la agente apretando los puños. De nuevo, volvió a recordar el asedio en el interior del vehículo—. No deberías ir solo.

—¡Venga, muévanse! Acompáñelo, Laine —ordenó Escudero—. Nosotros nos encargaremos de ellos.

Los dos agentes desaparecieron por la puerta.

El chat se detuvo unos minutos. El segundo se detuvo y Escudero sintió que el corazón se le paraba cuando la línea volvió a aparecer.

Jacko:
¿Dónde estás?

La jefa se acercó al agente.

—¿Cree que ha descubierto que está utilizando esa máscara que ha mencionado?

—Lo dudo mucho, señora. Le llevaría horas averiguarlo...

—Maldita sea...

—Tengo que responderle algo, antes de que vuelva a desaparecer...

—¡Ya lo sé! Dígale la verdad, cuéntele algo creíble.

Muñoz:

En una pensión de Lavapiés. ¿Y tú?

Esperaron unos minutos. La línea gris volvió a aparecer.

—Está respondiendo... —comentó Escudero moviéndose nerviosa—. Aguante, Muñoz. ¡Casi lo tenemos! Eso es lo que importa. Parece que se lo ha creído.

—Señora, nos estamos excediendo. Apenas tenemos información...

Jacko:

Entonces, ¿por qué no contestas al teléfono?

23

(h) *meteorite, racing car*

Separarse era lo más inteligente. Dana llegaría antes que él. La raya del velocímetro superó los cien kilómetros por hora. El motor rugió con fuerza y el viento golpeaba como un manto de piedras. Por el espejo retrovisor, vio el vehículo inglés del agente, disparado como un bólido, en la misma dirección que ella. Sonrió. Sabía que Ponce se excitaba con situaciones como aquella, aunque ninguno de los dos era consciente de lo que estaba a punto de suceder. Tomó la carretera del Pardo hasta que lo perdió de vista. Después entró por el paseo de la Castellana, y aparcó la motocicleta a escasos metros de las escaleras de la estación de Plaza de Castilla. Segundos después, los faros del vehículo de su compañero se acercaron a ella.

Sus teléfonos vibraron.

La llamada procedía de la central del CNI.

—¿Escudero?

—Los hemos perdido, agentes —dijo la mujer por el altavoz—. Han descubierto que era una trampa.

—¿Cuánto hace de eso? —preguntó Ponce.

—Apenas unos minutos —aclaró la mujer—. Hemos enviado el aviso para que detengan la salida de los ferrocarriles. La fotografía del sujeto está circulando por todas las comisarías y varios coches patrulla y un furgón de la Policía se dirigen a la estación para darles cobertura.

—Estupendo, lo que necesitábamos... —contestó e intentó dar un puñetazo al aire—. Está bien señora, la mantendremos informada.

—¿Localización del sujeto? —preguntó Laine.

—Sigue moviéndose —explicó Muñoz—. Está utilizando el ascensor y se dirige hacia el andén de la línea azul.

Después colgó.

—Vamos, Laine, antes de que esto se convierta en un gallinero.

* * *

El murmullo y la confusión era notable en los aledaños de la estación. Pese a la alarma, la mayoría de viajeros no habían sido informados de lo que estaba sucediendo.

Laine y Ponce se identificaron en la taquilla y cruzaron el torno de acceso al interior. Corrieron escaleras abajo, siguiendo las indicaciones de la línea que Muñoz les había dado. Ponce sacó el teléfono, volvió a llamar a la central para que le informaran de la situación del objetivo, pero la señal era débil y no logró establecer comunicación.

—No saques el arma hasta que no sea necesario —murmuró caminando por un largo pasillo, a escasos centímetros de la agente. Las personas que regresaban del andén, a causa de la incertidumbre, los miraban extrañados—. No nos pagan por hacer el ridículo, recuérdalo.

Volvieron a bajar otra decena de escalones. El andén quedaba cada vez más cerca.

Ponce recuperó la señal, su teléfono vibró de nuevo.

—El objetivo está al final del andén, en el pasillo de la derecha

—dijo Muñoz al otro lado de la línea—. Parece haberse quedado quieto.

—Es nuestro.

—¡Ponce, nada de tonterías! —explicó la jefa tras el altavoz—. Asegúrense de que es él y llévenlo al furgón que les esperará fuera.

—Sí, señora —dijo, colgó y sonrió de un modo vil y desconfiado. Dana había visto esa sonrisa en él, minutos antes de lanzar a ese ucraniano por lo alto del Palacio de Cristal—. Laine, al pasillo de la derecha. Yo iré por el otro lado.

Sin más explicación, Ponce giró a la izquierda y entró por un corredor que comunicaba con el mismo andén. Su gabardina se abrió como si fuera la capa de un superhéroe. Dana lo miró unos segundos y se enfrentó a la multitud desconcertada que se movía en sentido contrario.

Caminó hacia el andén, cada vez más vacío y, al final de la plataforma, encontró una silueta sentada en uno de los bancos, tal y como había indicado el agente Muñoz. Sintió un pálpito. El corazón le bombeó con tanta fuerza que temió que saliera de su cuerpo. Con cada paso que daba, la gente se apartaba de su camino. El hombre se puso de espaldas, tranquilo, sin notar la presencia de la mujer, que cada vez estaba más cerca de él.

Por una de las esquinas, vislumbró el perfil de Ponce, apareciendo a escasos metros del desconocido.

—No se mueva, no intente nada —dijo Laine sin verle el rostro, pero la expresión de Ponce le indicó que algo no marchaba bien.

El hombre se giró hacia ella y mostró su rostro. Llevaba unas gafas de sol negras y una gorra.

—No saques el arma, Laine —advirtió su compañero, al otro lado, señalándole el bastón blanco que había junto al banco de piedra—. No es él.

Dana no entendió qué sucedía.

El hombre levantó las manos.

—Lo siento... —preguntó confundido—, yo no he hecho nada... ¿Qué está ocurriendo?

sightless ***** ?

El hombre invidente se paralizó ante el aviso de la pareja. Ponce lo registró y sacó de su sudadera un teléfono móvil.

—¿Por qué tiene esto? —preguntó enfadado—. ¿Quién diablos se lo ha dado?

El hombre temblaba aterrorizado.

—No sé nada de ese teléfono, se lo juro... —respondió con voz temblorosa. Los pasajeros que esperaban al tren, observaban la situación con curiosidad—. Unos chicos... Ellos me dieron dinero por llevarlo hasta el andén... Me dijeron que alguien preguntaría por él.

Ponce se echó las manos a la cabeza y miró a su compañera. El teléfono estaba bloqueado por un número PIN, por lo que no permitía acceder al menú de aplicaciones.

—¿Cuánto hace de eso?

—Unos... minutos —respondió mirando hacia la pared—. Les juro que yo no tengo nada que ver con esto...

El teléfono de Laine vibró. Llamaban de la oficina.

—Sabían que estábamos de camino —contestó la agente mirando a su alrededor—. Han utilizado un señuelo para despistarnos.

—Diablos... —respondió la jefa—. Está bien, salgan de ahí lo más rápido que puedan.

—Nos quedamos el teléfono —dijo Ponce—. Puede que

saquemos algo de aquí.

Decepcionados, decidieron tomar el andén en dirección a una de las salidas, dejando al hombre invidente atrás.

—Que os jodan... —murmuró la voz que tenían a sus espaldas.

Ponce, rápido, giró la cabeza y vio a ese hombre de gafas de sol, aguantándole fijamente la mirada. Un instinto incontrolable creció en él.

—Laine, ve delante —dijo alentando a su compañera y dio la vuelta.

El hombre de gafas echó a correr sin bastón en dirección contraria, pero las zancadas de Ponce no tardaron en alcanzarlo. Se escucharon algunos gritos de pánico. Ponce lo agarró del cuello y le estampó la cabeza contra la pared. El hombre se resistió, pero todo intento era en vano. Después, el agente sacó una brida y le ató las muñecas.

Dana sacó el arma del cinto y corrió escaleras arriba abriéndose paso entre la gente.

Las cabezas se amontonaron en la ría humana que seguía su curso hacia la salida. No sabía a quién buscar, aunque tenía la certeza de que aún podía encontrarlos allí.

—¿Qué está pasando, agente Laine? —preguntó Escudero. Dana vio un grupo de efectivos del CNP entrando por una de las líneas paralelas—. ¿Qué ha ocurrido con ese hombre?

«Una trampa... Nosotros éramos su cebo».

Pero Dana no contestó. La mirada atenta, ojo avizor como un águila, en busca de un rasgo familiar, le impedía mantenerse concentrada en la conversación. Pero no sólo eso. La situación la desbordaba. Después de muchos años, volvía a sentirse como si las luces del escenario que tenía delante, se apagaran lentamente. No podía respirar. Un pequeño zumbido le recorrió el oído izquierdo hasta dejarla sorda por completo.

Tirar del hilo, eso era de lo que Ponce le había advertido, pensó, y ahora era demasiado tarde para volver atrás y agachar la cabeza. Demasiado tarde para dejarse llevar por los planes de Navarro, de Escudero o de quien estuviera a cargo. Los agentes eran seres sin alma, entrenados para obedecer las órdenes que les dictaban, no para cuestionarlas ni para plantear una alternativa a estas. Porque aquello, toda esa masa mórbida de cuerpos humanos, apenas separados entre sí, moviéndose como ratones en un laberinto sin salida, era lo que sucedía cuando alguien se atrevía a morder la manzana prohibida.

—¿Agente Laine? ¡Responda!

—Lo sabían todo... —dijo jadeando. Sintió cómo las piernas se le volvían más lentas y pesadas—. Estaban al corriente de la muerte de ese chico... Nos han engañado... Probablemente, han escuchado todo lo que hemos comentando antes de venir aquí... Escudero, son ellos los que nos han llevado a su agujero.

—¿De qué está hablando, agente? ¿Ha perdido la cordura?

—Un ejercicio de distracción... Eso es todo...

Escudero aguantó la rabia al otro lado del aparato. La jefa de la sección acababa de darse cuenta del error de novato que habían cometido.

—Desconecte ese maldito ordenador, Muñoz... —ordenó la jefa con la voz llena de impotencia—. Agentes, les exijo que regresen aquí ahora mismo.

—Lo intentaré, señora.

De fondo se escuchó un bullicio.

—Mire a los monitores, agente Escudero —dijo una voz masculina desconocida.

Dana apenas podía diferenciar lo que sucedía al otro lado del altavoz.

—Esto nos va a salir muy caro, Laine —contestó la mujer con

voz de alarma.

El teléfono se le resbaló de la mano.

—¡Haga lo que le he dicho, ahora!

Después el terminal cayó al suelo. Dana se detuvo sin fuerzas, mareada y desorientada. Los sudores empañaban su frente y tenía la boca reseca. Los anuncios de los pasillos del metro brillaban en el rostro de la agente como un tiovivo en la noche. Cada paso que daba, era como mover un kilo de arena con los pies. Un músico callejero tocaba una conocida pieza de jazz con su saxofón.

Todo se volvió borroso. Los agentes de Policía, armados hasta los dientes, irrumpieron en la estación sembrando el caos en el interior de los accesos. Se oyeron más gritos, pero ella no diferenció de dónde procedían. La gente se empujaba y el cuerpo de Dana se volvió frágil y ligero.

«Aguanta, un poco más... Tienes que ser fuerte».

El oxígeno se agotó. El pitido del oído izquierdo aumentó y no logró oír nada.

Un empujón por la espalda fue suficiente para que la agente cayera al suelo. Entonces, todo se volvió oscuro. Sus ojos encontraron una luz en el techo de la estación. Alguien se acercó a ella para socorrerla, pero después desapareció. La mayoría de individuos intentaba salir de allí, como si de ello dependieran sus vidas.

Ella sólo ansiaba sobrevivir, pero una tela oscura se corrió delante de sus ojos.

24

Todo pareció haber sido un mal sueño. De nuevo, otra de esas pesadillas que se cruzaban con su realidad.

Al abrir los ojos, descubrió que aquella no era su habitación. El olor aséptico del aire y el color azul de las paredes fueron suficientes para saber que había dormido en un hospital. Las últimas imágenes de su recuerdo eran confusas: los andenes del metro, ese extraño hombre, Ponce y un montón de transeúntes ansiosos por salir de allí. También recordó a los agentes de Policía que entraban con sus subfusiles en la estación.

Caos, en una sola palabra.

Después, la cinta de vídeo se terminaba.

Alguien había dejado su ropa plegada encima de una silla. Se incorporó y sintió una horrible punzada en el cráneo. Nada grave, tan sólo la jaqueca del impacto, un malestar parecido al de una resaca de domingo.

Junto a la ropa había una mesilla con sus pertenencias. A esas alturas, la habrían identificado. Después miró un reloj que había en la pared y comprobó la hora. Entonces, lo vio claro en su mente. Las imágenes del asalto golpearon de nuevo su conciencia. Había errado, dejándose llevar por el orgullo, poniendo en duda la experiencia de sus compañeros.

Se sintió como una imbécil incompetente, al creer que ella

podía resolver lo que una sección entera no había logrado. Sin duda, había ido demasiado lejos.

—¿Ya se ha despertado? —preguntó una enfermera que entró en la habitación—. ¿A dónde va? Necesita hacer reposo, señorita. Ha sufrido un ataque de pánico.

—Lo sé, pero estoy bien —dijo incorporándose—. Ahora, necesito marcharme.

La mujer la miró extrañada.

—Lo siento, pero no puedo dejarla salir.

—¿Acaso no ha visto mi identificación? —preguntó poniéndose la ropa—. Está obstruyendo mi trabajo. No me obligue a hacer lo mismo con el suyo.

Dubitativa, la enfermera no supo qué responder por unos instantes.

—Espere un segundo, ¿quiere? —solicitó y desapareció. Dana debía darse prisa. Lo más seguro era que la Policía hubiese dado órdenes de retenerla allí hasta que despertara.

Terminó de vestirse y salió al pasillo, asegurándose de que la situación era segura. Miró a ambos lados y buscó las escaleras de emergencia. Después caminó con seguridad, como si fuera una visitante, sin establecer contacto visual con las personas que se cruzaban con ella.

Antes de empujar la puerta de hierro, vio una televisión encendida en una de las estancias. Una mujer veía las noticias en la televisión de su habitación.

Dana se estremeció.

La noticia hablaba de lo sucedido en el metro de la estación Plaza de Castilla.

Un falso aviso de bomba habría provocado el despliegue policial y la detención del funcionamiento de los ferrocarriles, provocando retrasos de hasta media hora y el descontento de los viajeros que habían tenido que buscar alternativas para llegar a sus destinos.

Pero eso no era todo.

La segunda noticia era aún peor.

Una banda criminal había infectado, con un virus informático, los cajeros automáticos de las sucursales más conocidas de la ciudad. Un sistema sofisticado, practicado anteriormente en otros países y que ahora llegaba a España. El virus provocaba que las máquinas entregaran el dinero retenido a través de un código QR. Los ladrones se habrían llevado hasta el momento, más de quince millones de euros con total impunidad, ya que el procedimiento no llamaba la atención a los operarios de las entidades bancarias.

—El reloj... —murmuró la agente Laine.

Entonces reconoció la voz de la enfermera, al otro extremo del pasillo, acompañada de un hombre y una mujer con uniforme de la Policía.

Dana se acercó a la salida, empujó la puerta de emergencia y la cerró sin hacer el menor ruido.

Después se perdió por las escaleras.

* * *

Subida en la Ducati de color negro, cruzó el perímetro de seguridad de «La Casa» y se detuvo junto al viejo Jaguar de su compañero.

Tras identificarse, subió por el ascensor y entró en el largo pasillo donde se encontraba su sección, cuando se topó con la silueta de Ponce.

—Laine, debes marcharte —dijo el agente—. Navarro, Escudero, Berlinger... Todos te están buscando. El ministro está *(vt)—taking away*

aquí.

—¿Ni siquiera me vas a dar los buenos días?

—¿Dónde te has metido?

—En el hospital.

—¿Qué? —preguntó desconcertado.

—Es una larga historia —respondió restándole importancia—. He visto las noticias. Era eso lo que temía el ministro, ¿verdad? Un virus. Ponce, yo...

—Agente Laine —dijo una voz con fuerte acento.

Era Berlinger, acompañado de Navarro y Escudero.

Al fondo, en un cuarto, el ministro aguardaba acompañado por dos hombres más.

La situación era crítica e insostenible. Por la expresión de los superiores y la de su compañero, comprendió que no traían buenas noticias—. ¿Tiene un minuto?

Dana se dirigió a Ponce, que evitó su mirada, y se sintió traicionada.

—Por supuesto, agente —dijo y caminó con ellos.

El compañero se quedó atrás y todos entraron en la oficina de la agente Escudero.

La operación había tomado otro rumbo. Ya no había imágenes de los sospechosos en las pantallas, sino el método que estaban utilizando los ladrones para lavar el dinero. La práctica no era nueva. El ataque había sido ya probado en otros países del norte de África y, por desgracia, las entidades españolas no se habían preparado aún para ello.

El proceso era sencillo: extraían el dinero, lo movían de país en país en barcos de pesca y lo hacían desaparecer convirtiéndolo en criptomonedas. Una operación rápida y muy usada entre los cárteles de la droga. Una vez que el dinero se volvía virtual, seguirle el rastro resultaba imposible.

En el centro de las pantallas, sólo vio la fotografía de un hombre: Jacko.

El chico que había tirado del brazo de Darío Fuentes para sacarlo del vehículo. El mismo que les había tendido la trampa en el metro.

—Agente Laine —dijo Berlinger—. Supongo que tiene algo que contarme. Ocultar información a un agente de rango superior tiene graves consecuencias para su carrera.

—Usted no es mi superior —respondió con voz seria, a pesar de temblarle las manos—. Sólo un colaborador internacional.

Berlinger miró con desprecio a la agente.

Navarro carraspeó.

—Yo me encargo —comentó haciéndole un gesto al hombre de la INTERPOL para que se calmara—. Laine, el ministro está en esa sala y ya conoce lo que eso significa. Ha roto protocolos y ha tomado una vía de seguimiento que no era la acordada. Les pedí a usted y al agente Ponce que redactaran un informe sobre lo que encontraran en ese ordenador portátil, ¡no que hiciera lo que le saliera de los ovarios!

Laine miró a Escudero, que se fijaba en ella atenta y fría.

Pronto entendió que allí la lealtad y el orgullo no tenían precio alguno. En el fondo, no lo tenían en ningún lado. Su madre estaba en lo cierto, pero Laine se había convencido de que los valores aún servían para el progreso de la humanidad.

En cualquier caso, no tenía intenciones de delatar al resto, aunque eso le saliera caro.

Lo hacía por ella, no por ellos.

—No había tiempo, señor —explicó—. La tramitación hubiese hecho que le perdiéramos la pista al objetivo. Estábamos muy cerca de atraparlo.

—Eso fue una insensatez —contestó el hombre rascándose

(M) decoy

la nariz—. Pudo ponernos en peligro a todos.

—Le ruego que me disculpe. Creí hacer lo correcto.

Navarro resopló y miró a Escudero.

—Voy a obviar que nos haya hecho perder el tiempo e iré al grano —esputó Berlinger harto de tanta habladuría—. ¿Qué sabe del virus? ¿Quién está al mando? Cuéntelo todo o le juro que no volverá a operar.

—Agente Berlinger —intervino Navarro—. Relájese, ¿quiere? Esto no es Lyon y quien reprende a mis agentes soy yo, no usted.

Berlinger reculó.

—No sé nada del virus —explicó Dana con sinceridad—. Hasta el momento, sólo he averiguado lo mismo que ustedes. Estuvieron allí, porque dejaron un señuelo, pero eso es todo. Caí como una ingenua... Querían algo de Fuentes y lo mataron porque no tuvieron otra vía.

—Su explicación carece de sentido —contestó Berlinger.

—Quizá tenga más del que creemos —respondió ella clavándole las pupilas—. O es mío, o no es de nadie. ¿Le han preguntado al hombre que hay en ese cuarto, para qué era esa reunión? Puede que no sea yo la que les ha hecho perder el tiempo.

La mirada de Navarro se nubló, pero sólo ella fue capaz de notarlo. Tal y como había pronosticado desde el principio, Navarro estaba involucrado y no guardaba pensamientos de revelar la verdad. *involved*

El ministro quería el programa a toda costa.

—Agente Laine, ¿dónde está el programa que había en el interior del reloj? —preguntó Navarro con la mirada templada.

—No tengo la menor idea, señor.

Navarro frunció el ceño.

—El señor Fuentes iba a entregárselo al ministro, antes de

ser atacado —explicó el superior—. Ese programa contiene el antivirus que puede parar el ataque informático a las entidades bancarias.

—Se lo repito, no tengo la menor idea.

—Entonces, siento comunicarle que queda suspendida de manera indefinida —dijo Navarro cambiando drásticamente el rumbo de la conversación—. Un oficial de la UIT la ha reconocido como agente del CNI esta mañana, cuando ayer estaba merodeando por sus instalaciones para comprobar las pertenencias de Fuentes. Tras el desmayo en el metro, y la lista de errores cometidos a conciencia en las últimas veinticuatro horas, me temo que debe quedar apartada hasta que solucionemos esta crisis y decidamos qué hacer con su caso.

—No entiendo —contestó con la voz débil—. ¿Me está pidiendo que abandone mi posición?

Escudero se adelantó.

—Sabemos que las últimas cuarenta y ocho horas han sido muy duras para usted, agente —añadió con voz seria—. Lo más recomendable es que visite a nuestro psiquiatra y pida una baja temporal. No está en condiciones de operar como agente de campo.

Dana sonrió incrédula.

—Esto debe de ser una broma, señores —contestó nerviosa—. He hecho todo lo que me han pedido. Me he excedido en mis funciones, pero yo no soy el enemigo. Creo que cometen un profundo error.

Navarro le tocó el hombro derecho con la mano.

—Tómelo como el principio de unas vacaciones... Le vendrán bien.

Volvió a mirar a las tres personas que tenía delante y entendió que aquel no era el cuadrilátero del gimnasio en el que boxeaba a menudo. Allí no existía rincón alguno en el que esconderse de sus oponentes. La habían machacado contra la lona. Estaba acorralada y no tenía otra salida.

—Entendido —dijo con la mandíbula tensa, el rostro marcado de impotencia y unas tremendas ganas de gritar—. Recogeré mis cosas... Suerte, agentes.

—¿No ha oído a Navarro, agente? —preguntó Escudero, observando sus movimientos. Dana se preguntó si estaría haciéndole un favor, antes de que la tormenta fuera inevitable—. Tómese ese descanso. Le ayudará a recuperarse.

—Claro, señora —dijo sin apartar los ojos y se marchó lentamente bajo la mirada de los agentes que contemplaban la situación.

Los errores se pagaban caros y aquellos hombres estaban empujándola al abismo de su carrera.

25

Cruzó la entrada del apartamento y cerró la puerta con un golpe de talón. Estaba alterada, llena de impotencia por cómo la habían tratado. ¿Había llegado el momento de tirar la toalla? ¿De dejarles ganar?, se cuestionó de pie, frente al sofá del pequeño salón.

Como ya era habitual, el silencio del estudio la hacía sentirse todavía más sola. Pero algo en su interior se resistía a renunciar. No estaba dispuesta a permitir que la trataran como a una rata, para darle una patada y sacarla del camino. Pero, menos todavía, a dejar que esa mujer desapareciera sin pagar por lo que había hecho.

Se quitó la chaqueta y la dejó sobre la silla de la cocina. Después abrió el ordenador portátil y lo encendió. ¿Quiénes eran realmente aquellos dos asaltantes que ni la INTERPOL podía localizar?, reflexionó mientras el sistema operativo se iniciaba.

No tenía mucha hambre, así que abrió la nevera y agarró un botellín de Estrella Galicia bien frío. Buscó un abridor en el cajón de la cocina y lo destapó. El burbujeante y amargo sabor de la cerveza alivió sus ansias. Debía mantener la cabeza fría si quería avanzar, pensar como una verdadera agente. Tenía que ser más inteligente que ellos.

Abrió el navegador web y tecleó el nombre de Darío Fuentes. Si deseaba encontrar algo relevante, lo más adecuado era buscar en su pasado para atar los cabos que le habían llevado a la muerte. Existía un vacío durante su carrera como director en la gran multinacional española, pero nadie se había molestado en revisar su pasado. Era un error común que solía repetirse. La mayoría de personas confiaba en que las grandes decisiones se tomaban durante la trayectoria profesional. Sin embargo, muchas de las ideas más peligrosas que el ser humano llegaba a tener, se germinaban en los primeros años de madurez.

De la sociedad dependía que se llevaran, o no, a cabo.

La mayoría de noticias indexadas hablaban de él y su labor como directivo. No había nada relevante por escrito, ni siquiera una relación con la número dos del partido.

Para Dana, era evidente que existía algo entre los dos, pero no podía demostrarlo. A medida que la cerveza se vaciaba de la botella, cayó en la cuenta de que había empezado su búsqueda con mal pie. Si Fuentes había sido un *hacker* conocido, lo más probable es que se hablara de él en otros canales. Con una sonrisa pícara, abrió el navegador TOR y accedió a la Deep Web, la red profunda donde se podía encontrar lo que rozaba la legalidad o, directamente, la sobrepasaba.

De pronto, los registros relacionados con Fuentes apuntaron en otras direcciones.

En los foros de discusión, diferentes usuarios discutían acerca de las denuncias que le habían puesto por fraude, acoso y robo virtual al informático. ¿Cómo era posible que la Policía no hubiese seguido el rastro de aquella persona antes?, se cuestionó la agente, sorprendida por el hallazgo, tapándose la boca con la mano en un gesto inconsciente.

Dana, que apenas conocía la jerga en la que se comunicaban

los usuarios de los foros, llegó a una conversación, de apariencia banal, que captó toda su atención.

Un usuario lanzaba mensajes ofensivos contra la imagen pública de Fuentes. El registro tenía meses de antigüedad, lo cual, dado que la víctima había abandonado su vida anterior para meterse en la política, aún mantenía la validez suficiente para tenerlo en cuenta. El usuario, además de infundir calumnias sobre el dudoso talento de Fuentes, atacaba directamente su relación con Julieta Méndez, la número dos del Partido Pirata Español. En la misma discusión, otros miembros defendían a Fuentes, devolviendo los insultos y desafiando al usuario para que demostrara lo que decía. Pero, tras esto, no había más respuesta.

«Puede que este sea el hilo del que Ponce habló», pensó Dana, acercando el puntero del ratón al misterioso sobrenombre.

Cuando pulsó sobre su apodo, se desplegó una lista de mensajes antiguos y un historial de actividad. Los comentarios tenían una intención similar, llenos de injurias contra la víctima. Pero aquel tono era de lo más sospechoso. Sólo una persona herida podía hablar así de otra. ¿Y quién había sufrido tal despecho?, se preguntó la agente Laine. Poco a poco, las piezas del rompecabezas se unieron.

Regresó a la barra del buscador y rastreó todas las posibles entradas relacionadas con la vida amorosa de Fuentes. La respuesta llegó en cuestión de segundos.

Saint-Tropez. Unas vacaciones. Lara Romero, la estadista invisible e ignorada por todos, como Julieta Méndez, era también una peligrosa delincuente cibernética. A diferencia de Méndez, que mantenía una ética *hacker,* la cual impedía utilizar sus conocimientos con fines delictivos, Lara Romero, conocida como MOON, era una *cracker* original de San Luis de Potosí, involucrada con el cártel de Sinaloa, buscada por el CISEN mexicano y atacada entre su gremio por haber colaborado con el SEBIN, los servicios de inteligencia venezolanos, para localizar a los insurgentes del régimen político.

Un descubrimiento revelador que le dio la razón.

Apenas existían fotografías de la mujer en la red. Probablemente, ella misma se hubiera encargado de cubrirse las espaldas. Las únicas dos imágenes que Dana encontró, mostraban a una mujer bella, de rasgos morenos y cabello oscuro. Razones suficientes, además de su peligrosa inteligencia, para cautivar a Fuentes.

No podía creerlo, pensó y terminó la cerveza de un trago. Su cuerpo era un castillo de fuegos artificiales.

Agarró el teléfono y buscó el nombre de Ponce entre sus contactos.

Iba a poner punto y final a esa pesadilla.

Por fin, la había encontrado.

26

Con un gusto agridulce, Dana se quedó perpleja ante la imagen de Romero en la pantalla.

Lo más lógico hubiera sido compartirlo con Ponce aunque, después de lo que había sucedido en «La Casa», no quería saber nada de él. Estaba confundida.

Comprobó la pantalla del teléfono. Ni una llamada de su compañero en las últimas horas.

«¿También él?».

Podía esperar cualquier cosa del resto, pero Ponce era el único de quien no dudaba. Quizá me hubiera equivocado, pensó. Había cometido un error confiando demasiado en esa persona.

Ahora que tenía el nombre y el rostro de esa mujer, era consciente de que el reloj jugaba en su contra. Debía encontrarla, pero no le iba a ser fácil. Lo más probable es que los hombres de Romero desaparecieran por la costa. Los destinos más comunes estaban en el norte de África, como había mencionado Berlinger, donde comprar a la policía portuaria era un juego de niños.

Más tarde, el dinero sería lavado en otro país y nadie podría seguirle el rastro.

Sin las herramientas del CNI, todo se volvía más rudimentario y arcaico. ¿Por dónde empezar?, se cuestionó. Estaba hecha un lío. Antes de que el trabajo sobrepasara su conciencia, decidió hacer una pausa. Las tripas le rugían. Había pasado el día sin probar alimento y el cansancio y el hambre comenzaban a manifestarse en su cuerpo.

Se levantó, fue hasta la cocina y se acercó a la nevera.

Sujeto con un imán, vislumbró el folleto magnético de su pizzería favorita del barrio. Marcó el número de teléfono y pidió una *margherita*.

El pedido llegaría en veinticinco minutos, tiempo suficiente para poner un poco de música y, al fin, relajarse. Pero los nervios no le dejaban sumirse en la calma de la noche. No entendía cómo podían haber estado tan ciegos. El rostro de esa mujer, Lara Romero, ahora ocupaba su pensamiento. Buscó su nombre en la red, leyó las pocas entradas que el buscador recogía y se preguntó cuál sería la razón para hacer algo así.

Los cabos se fueron atando solos.

Con la creación de cada virus informático, siempre existía una vacuna para detenerlo. En el centro eran conocidos los casos de las empresas informáticas que vendían sus programas anti-virus, a la vez que pagaban a informáticos de otros continentes para que propagaran las epidemias que las propias compañías creaban. En otras ocasiones, esos mismos programas, creados para proteger a los usuarios de infecciones desconocidas, se convertían en un Caballo de Troya, diseñado para extraer la información sensible del cliente.

En esta ocasión, dadas las coincidencias, Dana no tuvo la menor duda de que Romero y Fuentes eran los progenitores de aquella enfermedad informática, así como de su vacuna. Sin embargo, una alta traición por parte del español, había obligado a su expareja a ejecutar la venganza.

El corazón de Laine se aceleró. En su mente aparecieron imágenes de Barcelona.

La habían manejado como a una marioneta.

Fuentes estaba al tanto de la reunión con el ministro porque el Gobierno iba a comprar su silencio por una gran suma de dinero.

Fuentes iba a traicionar a su partido, así como había hecho con su última pareja.

Pero, tarde o temprano, la vida hacía pagar a quienes se aprovechaban del resto. Por desgracia para él, nunca llegó a ver su éxito. Pero, ¿y Romero? ¿Lo habría arriesgado todo para marcharse sin su creación?

Estaba sobrepasada.

Una fuerte tensión se apoderó de sus extremidades. Dana había ordenado el rompecabezas y se había dado cuenta de algo: ella era el cebo y esa mujer terminaría encontrándola.

Agarró el teléfono y buscó el contacto de Ponce.

No le importó lo que hubiese pasado horas antes. Tenía que contarle la verdad, explicarle lo que había descubierto y pedirle ayuda.

Cuando marcó el número, sonó el interfono. Dana se levantó y abrió al repartidor de la pizzería. El teléfono de Ponce comunicó.

«Maldita sea, Ponce. ¿En qué estarás ahora?», se preguntó mientras esperaba la cena.

Escuchó la puerta del ascensor al otro lado de la pared del apartamento. Volvió a marcar el número del agente cuando tocaron el timbre de la vivienda.

—¡Ya voy! —dijo en voz alta y dejó el terminal sobre la mesa. Buscó en un cajón las monedas y salió hacia la entrada.

Comprobó por la mirilla quién había al otro lado y vio la cabeza de un chico con gorra roja y una caja de cartón en las manos.

Liberó el cerrojo y abrió la puerta.

—Buenas noches... —dijo el repartidor cuando sus ojos y los

de la agente se encontraron. Laine notó algo extraño en él—. Son diez con cincuenta.

—Sí, aquí tienes —contestó entregándole el dinero.

Agarró la caja, que aún se mantenía caliente, cuando el repartidor le asestó una descarga eléctrica con una pistola Taser.

Dana sintió un horrible calambre en el abdomen.

Al intentar reaccionar, su cuerpo le respondió con una terrible sacudida. La agente pegó un grito y se derrumbó en el suelo. La pizza se desparramó sobre el pasillo de la entrada. El dolor fue en aumento. Intentó levantarse, pero el repartidor le apuntó con una pistola y un sudor frío se apoderó de su pecho. Era Jacko, el asesino de Darío Fuentes. El hombre más buscado en España en esos momentos. Y ahora le apuntaba a ella.

Pero no estaba solo.

La puerta se cerró despacio y sin hacer ruido.

Una mujer, vestida con una gorra del mismo color, se acercó a la agente, encañonándola con un arma que no tardó en reconocer.

—Lo siento, pero la pizza se te va a enfriar —dijo Lara Romero, señalando a la agente con la misma Glock que había usado días antes—. Ahora, dime, pendejita, dónde está el pinche reloj.

Al final del pasillo, en el interior del dormitorio de Laine, se escuchó un ruido desde el teléfono.

«Perdona, Laine. Berlinger me está volviendo loco. Por cierto, tenemos que hablar... Sobre ti y el reloj... ¿Laine? ¿Estás ahí? ¿Ocurre algo? Maldita sea, di algo... ¿Laine?»

Nadie respondió.

27

Sobrevivir. Sólo pensó en eso.

Y en salir de allí con vida.

La única forma de hacerlo era llegando a su habitación, donde había dejado el arma.

Los metros de pasillo se convirtieron en una larga distancia. Dana los miró atenta, aprovechando cada respiración como si fuera la última.

—Órale, ¿dónde está el reloj? —preguntó la mujer. Romero estaba tranquila y segura de que nadie los iba a sorprender. La agente no podía dejarlos marchar. De ser así, ella moriría antes de que eso sucediera—. ¡Vamos, no tengo todo el maldito día!

Jacko, sin embargo, estaba más nervioso que su jefa. Por alguna razón, parecía algo inestable. Dana se fijó en el detalle. Sudaba por la frente y las manos le temblaban, aunque hiciera un esfuerzo por mantener los brazos rectos y empuñar el arma con firmeza. Jacko era un informático, no un criminal y, ahora, el miedo a ser atrapado era superior a su temple.

—No sé de qué me hablas... —contestó Laine, ganando tiempo, rezando para que Ponce se diera cuenta de las llamadas y acudiera en su ayuda—. ¿Cómo me habéis localizado?

Sin dilación, Romero se acercó a ella y le propinó un puñetazo en la cara.

27

El golpe sonó duro y volteó el rostro de Laine. La agente cerró los ojos y se protegió con los brazos. Después sintió un sabor metálico en la boca. Sangraba. La sacudida le había cortado el labio inferior.

—Intenta hacerme perder más tiempo y te daré una buena paliza —dijo apuntándole de nuevo con la Glock—. Te pusimos un localizador cuando te desmayaste en el metro. ¡Venga, dale! Dime dónde está el maldito reloj. Si me toca checar por mi cuenta, te juro que esta vez no responderé...

Dana no tenía miedo. La adrenalina del momento había paralizado el horror a perder la vida en esas cuatro paredes. Las personas temían cuando se encontraban en una situación ausente de peligro. Sin embargo, los instintos de supervivencia más primarios se disparaban cuando no existía otra salida, haciendo de los temores la fuerza que paraliza o impulsa a seguir con vida.

Laine era consciente de que, esta vez, Romero dispararía contra ella, si no se daba prisa. Desestabilizarlos oralmente, no surtiría efecto, a no ser que se quedaran a solas.

Dana dirigió su atención al chico.

—Tu cara está en todas las pantallas del CNI —dijo hablándole a Jacko—. No podrás huir toda tu vida. Te encontrarán y ya sabes lo que ocurre después. Tú no estás preparado para la tortura.

En cuanto terminó, la mexicana se acercó y le asestó una patada en el costado. Dana intentó pararla con las manos, pero eso sólo sirvió para que le pateara de nuevo.

—¡Maldita pendeja! —exclamó la mujer dispuesta a cruzarle una bala en la cabeza—. Te mataría si no fuese porque aún no sé dónde escondes el reloj, pero te juro que, en cuanto lo haga, me daré el placer que no obtuve el otro día. ¡Jacko, si se mueve,

Christian name

here: baptismal font

dispara!

El golpe la dejó sin oxígeno. La agente apretó el abdomen para aguantar la molestia, pero tardó un rato en recuperarse. La mexicana cruzó el pasillo y entró en el dormitorio donde estaba el ordenador.

Era su oportunidad. Las probabilidades de salir ilesa, no estaban de su parte, pero debía intentarlo. Dana miró la caja de la pizza, que estaba a unos centímetros de ella.

Debía distraerlo, hacerse con el arma de ese chico.

—Este no es tu entorno, Miguel —susurró llamándolo por su nombre de pila. Mentalmente, Dana calculó la distancia que había entre sus pies, la caja de cartón y las manos del asaltante. Tendría que ejecutar el movimiento en segundos—. No todo está perdido. Aún estás a tiempo de cambiarlo...

—¡Cállate, zorra! ¡No intentes confundirme! —contestó con agresividad—. ¡Eso nunca pasará! En unas horas estaré aterrizando en Colombia y me habré olvidado de ti y de todo esto.

—¿Has hablado con tus padres? —preguntó Laine, ganando confianza, recuperada del impacto y preparándose para el impulso—. Están preocupados por ti...

A modo de respuesta, quitó el seguro, tembloroso, y miró al final del pasillo. Dana agarró la caja y le golpeó las manos con ella.

El arma cayó, la agente agarró la Glock y apuntó al asaltante antes de que preparara la pistola Taser.

—Hija de puta... —dijo sin moverse, arrepentido de haberla escuchado—. ¡Lara!

Dana le disparó en la pierna derecha para abatirlo. El impacto retumbó en las paredes del apartamento.

Jacko gritó desvalido y Dana se colocó tras él para usarlo de escudo humano.

La mexicana apareció por el dormitorio, apuntando a la agente y dispuesta a marcharse. El herido gritaba a causa del dolor de la herida. Ahora sólo quedaba esperar, pensó Laine. Los disparos habrían alertado a los vecinos.

—¡No dispares! —exclamó él, herido y sudoroso, sujeto por la mano y el arma que encañonaba la agente—. ¡No lo hagas, Lara!

Pero Fuentes no era como él, ni tampoco iba a dejar que la atraparan con un truco tan viejo. No era la primera vez que se veía envuelta en un conflicto así. Nunca resultaba placentero perder a alguien, pero era mejor recordar, que ser recordado.

Lara Romero apuntó hacia ellos como si el escudo humano no existiera.

Se adelantó y disparó a ciegas, dando una zancada para cruzar el pasillo y alcanzar la puerta. Algunos disparos agujerearon el techo de escayola. Dana se protegió en su rehén, sintiendo cómo el cuerpo de Jacko se movía por el impacto de las balas, haciéndose más y más pesado, hasta ser difícil de sostener.

—¡No! —gritó la agente con el corazón acelerado, al sentir cómo la vida de ese muchacho se perdía entre sus brazos.

Fuentes abandonó la vivienda por las escaleras.

El teléfono móvil de Laine sonó en el dormitorio.

—¿Qué coño está pasando, Laine? —preguntó Ponce desquiciado cuando atendió a la llamada—. ¡He oído disparos!

Dana miró al final del pasillo y contempló los restos de la carnicería: la pizza por el suelo, las manchas de sangre y la puerta abierta.

—Ponce, manda un helicóptero y a la Policía al aeropuerto de Barajas —ordenó—. Tiene el reloj y va a salir del país.

—Entendido —dijo el compañero—. ¿Y tú, Laine? ¿Cómo

estás? ¿Laine?

La agente cortó la llamada, agarró el casco de su motocicleta y se perdió por la oscuridad de las escaleras del edificio.

«¡Laine!».

28

spotted

Cuando Dana llegó a la calle, avistó la figura de esa mujer subiendo a la parte delantera de un Land Rover Discovery negro. El todoterreno abandonó la calle como un relámpago. Dana, sin perder de vista la trayectoria del vehículo, corrió hacia su motocicleta, se puso el casco, arrancó y persiguió el coche.

Los dos vehículos atravesaron con temeridad el centro de la ciudad, hasta la avenida de América. El Land Rover revolucionó el motor, se incorporó al carril izquierdo y desapareció como un proyectil, dejando atrás los automóviles que encontraba por su paso.

La agente hizo lo mismo y forzó la motocicleta revolucionándola al límite. Se agachó, aprovechando el aire que llegaba de frente, consciente de que podía terminar por los aires si hacía un movimiento brusco. Pronto, vio la parte trasera del vehículo frente a ella.

Aún estaba lejos, pero había vuelto a encontrarlo.

Pensó en abrir fuego, pero nunca antes lo había hecho a tanta velocidad y, mucho menos, desde esa distancia.

Reculó y continuó conduciendo. La distancia entre los dos vehículos se acortaba y alargaba como una goma de mascar. El ruido de los helicópteros le advirtió de los refuerzos. Esa mujer estaba siendo acorralada.

Guardia Civil

Aceleró todo lo que la máquina le permitió, a pesar de que el Land Rover fuera más rápido. A lo lejos, las torres de control de los vuelos se iluminaban en el cielo contaminado de la ciudad y los aviones despegaban sobre Barajas.

Cuando entraron en la zona de descarga de pasajeros de la Terminal 1, el todoterreno quedó atrapado en un atasco. La Guardia Civil había iniciado un control de seguridad en las inmediaciones. Dana aminoró la velocidad y siguió la trayectoria del vehículo a lo lejos. Aquello serviría para cazarlos. Cruzando entre los vehículos que estaban parados, avistó el coche detenido, a punto de ser registrado por la Benemérita. La agente Leine detuvo el motor, se bajó de la moto y se lazó a correr hacia ellos.

—¡Un momento! ¡Un momento! —exclamó la agente. Un guardia le apuntó con un subfusil para que se detuviera, pero Dana se identificó antes de que disparara contra ella—. Centro Nacional de Inteligencia.

—No son formas de hacer las cosas, agente —dijo el guardia bajando el arma.

Sin responder, Laine empuñó su pistola y se acercó al todoterreno. Tras sus pasos, el agente que le había apuntado segundos antes.

Cuando las ventanillas se bajaron, en el interior sólo había un hombre vestido de traje acompañado de una mujer que no era Romero.

«Mierda...», dijo la agente para sus adentros, al ver que la mexicana les había engañado de nuevo.

Pensó en interrogar al conductor, pues estaba segura de que era el coche que la había llevado hasta allí, pero el tiempo escaseaba. Lara Romero había conseguido esquivar la vigilancia de la entrada y ahora se dirigía a cruzar el control de seguridad.

Decidida, la agente corrió hacia la entrada del aeropuerto. Antes de cruzar una de las puertas, un furgón de Policía se detuvo a escasos metros de ella. Del interior, siete hombres armados con subfusiles entraron con paso ligero. Un segundo furgón procedió a hacer lo mismo. Dos helicópteros sobrevolaban la terminal.

No existía manera de que esa mujer saliera con vida.

Dana siguió los pasos de las Fuerzas de Seguridad. Lara Romero era asunto suyo y debía encontrarla antes de que la Policía la detuviera.

La incertidumbre rodeó el interior del aeropuerto de Barajas. Los pasajeros que esperaban a sus vuelos en las cafeterías, no entendían lo que estaba sucediendo.

Se oyeron gritos de desesperación, niños que lloraban aterrados por la presencia policial.

Varios agentes detuvieron a un grupo de personas que se negó a ser registrado. La confusión, el caos y el desasosiego reinaban entre el control de seguridad y los establecimientos. Y qué mejor escenario para pasar desapercibida, pensó Laine, que observaba lo que sucedía desde la distancia.

A lo lejos, junto a los detectores y las colas de los pasajeros que se apelotonaban para no perder el vuelo, la agente divisó a otro comando de la Policía. El cerco se acotaba y Romero seguía allí dentro, invisible, escondida en alguna parte.

Pero, ¿dónde?, reflexionó.

Y mientras los agentes corrían en una y otra dirección, al final del pasillo, los ojos de la agente se fijaron en un cartel que dio respuesta a su pregunta: el aseo público de señoras.

Cruzó la muchedumbre, sin ser vista por los hombres del CNP, y encontró la puerta cerrada. Miró hacia ambos lados, para asegurarse de que nadie la seguía y empujó la manivela.

Sintió un ligero estallido en su cuerpo. Nerviosa, algo le dijo que esa mujer estaba allí.

Desenfundó el arma, la levantó hacia arriba y dio un vistazo rápido en el espejo. Después se agachó y miró por el hueco que quedaba entre las puertas.

No encontró a nadie.

Insistente, abrió la puerta del primer cuarto. Volvió a hacerlo con el siguiente y finalmente se quedó junto al último compartimento.

Lenta, apuntó hacia la entrada y dio un paso atrás.

—Sal con las manos en alto... —dijo Laine firme—. Estás acorralada. No tienes escapatoria...

Nadie respondió.

Ni siquiera un pequeño ruido.

El corazón estaba a punto de explotarle. Esperó unos segundos más, hasta que comenzaron a acorralarle las dudas. Era una guerra psicológica.

—¡Sal o te juro que disparo! —gritó llena de miedo, dispuesta a apretar el gatillo.

Escuchó un ruido procedente del interior y la puerta se abrió.

29

Cuando la puerta se abrió, Lara Romero sujetaba la Glock con las dos manos.

El cañón de la pistola apuntaba a la agente Laine, que quedaba a unos metros de ella. Las dos mujeres enfrentadas, se preguntaron quién sería la primera en disparar.

—Baja el arma —ordenó Laine, firme, con el cañón apuntando a la cabeza de la mexicana—. Esto no tiene por qué terminar así.

—Yo ya estoy muerta —respondió la mujer—. Pero, ¿y tú? ¿Por qué tanto esfuerzo en llegar hasta aquí? Te jugaste la vida yendo tras de mí... y ninguno de esos hombres te valorarán como deben... Ni siquiera ese güey que va contigo.

Ahora era ella quien intentaba confundir a la agente.

—No te voy a dejar marchar con el reloj —dijo Laine—. Entrégamelo y prometo que no te haré daño.

—El contenido de este reloj es mío —explicó mirándola fijamente. La tensión aumentó por segundos. La mexicana tenía esperanzas de salir de allí y estaba preparada para arriesgarlo todo. Laine podía sentirlo y eso la aterrorizaba más. Lo último que deseaba era que Romero lo percibiera—. Yo lo creé, yo le di vida y ese cabrón quiso robármelo. Me quitó el protagonismo, iba a vendérselo al Estado para llevarse él la lana... No, no... No voy a entregarles algo que me pertenece. Es nuestro seguro de vida.

—¿Nuestro?

—Pues claro, agente. De la criaturita que llevo conmigo —respondió. Dana sintió un nudo en el estómago. Desconocía que esa mujer estuviera embarazada—. ¿Por qué cree que estoy haciendo esto? Darío me dejó por esa, pero el pequeño es suyo... Y pensar que ese huevón se iba a llevar los billetes para gastárselos con esa mujer... Pues ya le digo agente, que una madre va hasta el final... con todo.

Las palabras llegaron más lejos de lo que ninguna de las dos esperó.

Por un instante, pudo ver a su madre sujetando la Glock, recitando el mismo discurso. Ahora que sabía acerca del embarazo, le costaría tirar del gatillo. Había caído en su trampa. Lara Romero no era muy diferente a su madre y sabía lo que sentía porque, como ella, había estado en esa situación. No era la mejor vida que podía esperarle a la criatura que llevaba dentro, pero Laine era incapaz de llevarse a los dos por delante.

—Dame el reloj y te dejaré marchar —dijo Laine respirando profundamente—. Ellos no lo harán... Es mi último aviso.

—Pues vaya, porque no esperaba perder el avión —contestó la mujer, con una sonrisa vil y quitó el seguro de su pistola—. Crees que somos parecidas, pero no puedes estar más equivocada.

Dana contuvo la respiración. Las manos de la mujer se movieron.

Antes de que tirara del gatillo, un impacto le atravesó el cráneo, manchando de sangre los azulejos. La segunda explosión le voló la cabeza, dejándola completamente sin vida.

El resto de proyectiles se incrustaron en la pared.

Antes de que el cuerpo cayera al suelo, Dana se abalanzó sobre este y lo agarró por los brazos. El cadáver de la mujer era pesado como un saco de tierra. Buscó en su abrigo y encontró el reloj. Rápida, lo guardó en el interior de su chaqueta de cuero y, sin mirarla a los ojos, se despidió de Lara Romero para siempre.

Cuando se giró, vio la ametralladora MP5 del policía que había disparado desde la puerta del cuarto de baño. Detrás de él, había dos agentes más. La ráfaga de disparos había atravesado las tres tablas de madera, hasta perforar el cráneo de la mujer.

Dana volvió a sentir el zumbido en sus oídos, el olor a pólvora quemada y la sensación de mareo y asfixia que había sufrido el interior de la estación de metro.

Salió de allí en silencio, sin mirarles a los ojos ni medrar palabra, a punto de vomitar, cuando se encontró con los tentáculos de Berlinger agarrándola del antebrazo.

—¿Dónde está el reloj? —preguntó con su acento pulido. La voz retumbaba en sus oídos.

Junto a él, Navarro y Ponce la miraron esperando a que respondiera.

Pero en los ojos de Laine sólo quedaban lágrimas de dolor. El único duelo que tendría esa mujer.

Furiosa, despegó el brazo de sus dedos y salió de allí entre lágrimas, manteniendo el equilibrio hasta llegar a la salida.

30

at the wrong time, unearthly hour

slope

La noche hacía que la ladera de Madrid Río, el paseo que bordeaba el Manzanares y cruzaba parte de la ciudad, quedara vacío y sin vida. Pasada la madrugada, aquel era el lugar menos indicado para disfrutar de la soledad, pese a que los más atrevidos salieran a practicar deporte a deshoras.

Sentada en un banco de piedra, dio un trago una botella de Jim Bean. Se había bebido dos cuartos del *bourbon*.

Por los auriculares conectados al teléfono móvil, The Scorpions cantaban *Lady Starlight* para sus oídos, a la vez que las estrellas pintaban luceros en el cielo, y la luna llena brillaba sobre las aguas estancadas del río.

Dana se limpió las lágrimas.

Llevaba un buen rato llorando, sin razón alguna, pensando en esa mujer que había muerto frente a sus ojos, en su madre y en todo lo que había sucedido en las últimas horas.

Su cuerpo necesitaba expulsar todo aquello con lo que había cargado, y así lo estaba haciendo. Pero la única forma de hacerlo era escondiéndose.

De pequeña le habían enseñado a ser fuerte, a no permitir que sus lágrimas fueran vistas por otros, y cayó en la cuenta de que había pasado la vida haciendo caso a una estupidez.

Ebria, aunque no lo suficiente para perder el equilibrio, metió la mano en el bolsillo y sacó el reloj que le había arrebatado a esa mujer y que tantos problemas les había traído a todos.

Después se puso en pie y lo lanzó al río. Se sintió mejor después de hacerlo.

Era como si le hubiese ganado una batalla a Berlinger, a Navarro y al propio ministro; como si le hubiese hecho tragar sus palabras a todas las personas que habían dudado de ella en algún momento, incluyendo a Lara Romero.

Suspiró profundamente, escuchando los acordes de la canción perdiéndose en el silencio y advirtiendo unas pisadas que acercaron a ella.

Dana levantó la vista y sonrió.

—No sé por qué, pero no me sorprende verte... —dijo y le ofreció la botella. Ponce, vestido de traje, con su abrigo negro, se sentó a un lado en el banco de piedra y agarró el cuello de la botella—. ¿Cómo me has encontrado?

—Es mi trabajo —dijo y miró la etiqueta—. ¿Lo ibas a celebrar tú sola?

—No hay nada que celebrar —contestó Laine apenada.

El compañero dio un trago al *whisky*, se limpió los labios con la mano y le pasó la botella.

—Tenías razón —dijo él—. Lamento no haberte hecho caso a tiempo.

Ella lo miró de reojo. Esa sería la única disculpa que recibiría. Debía empezar a acostumbrarse a su trabajo.

—No importa. Hiciste lo que consideraste oportuno.

—Me fastidia mucho que Navarro haya gestionado así la operación —explicó y le arrebató la botella a su compañera. Dio otro trago. Al parecer, Dana no era la única que necesitaba quemar recuerdos—. Tantos años, para nada...

—Por lo menos, todo ha terminado —dijo ella y recuperó el

recipiente.

—Aunque creamos que así ha sido —respondió él—. Nunca lo sabremos... pero, al menos, dormiremos más tranquilos... aunque sea por unos días.

Los agentes se miraron. La velada estaba tranquila. La brisa se había calmado y los ojos de ambos tenían un extraño brillo. La tensión aumentó entre los dos. Dana notó una fuerza en la boca del diafragma.

Entonces Ponce se puso en pie.

—Cuídate, Laine —comentó serio y nervioso e hizo un ademán de marcharse. Se mostraba incómodo a su lado. Ella no supo qué había hecho para que se sintiera de ese modo, pero no iba a preguntárselo—. Mañana serás la protagonista... Procura estar despejada.

Sin palabras, Dana se limitó a mirarlo desde su posición.

Ponce se acercó a ella y le tocó el hombro.

Después sus pisadas se alejaron y la sombra del agente se fundió con la oscuridad del camino que llevaba a la vía peatonal.

En la televisión del bar, en el que había desayunado días atrás, la presentadora del informativo narraba la noticia de la mañana. El Cuerpo Nacional de Policía ponía fin a las cuarenta y ocho horas de incertidumbre que el país había vivido.

Durante la rueda de prensa, el Ministerio del Interior confirmaba el éxito de la operación y el fallecimiento de Lara Romero, abatida a tiros en el aeropuerto de Madrid tras resistirse a la entrega. A su vez, con la ayuda del CNI, el Gobierno no tardó en difundir un comunicado a los medios de comunicación principales, donde se explicaba la relación de Romero con Darío Fuentes, los intereses del *hacker* para llegar al poder y la supuesta financiación ilegal del Partido Pirata Español, gracias a importantes nombres conectados con el cártel de Sinaloa.

Lanzaron una cortina de humo mediática que fue suficiente para enfocar la atención pública sobre la agrupación política en auge, y así olvidar el interés del Estado por hacerse con el programa informático y los servicios de Fuentes.

—Lo que yo decía... Más vale bueno conocido... —dijo el camarero atento, con la cabeza inclinada hacia la pantalla—. En fin, unos auténticos ladrones.

Lana terminó su café y el zumo de naranja que había pedido. A pesar de la ingesta de *whisky* de la noche anterior, su cuerpo le había dado una tregua salvándola de una resaca insoportable.

Tan sólo estaba agotada.

* * *

Cuando llegó a la oficina, a diferencia de lo que Ponce le había insinuado la noche anterior, nadie la esperó con un ramo de flores, ni tampoco con un cálido aplauso.

Tan pronto como sus zapatos tocaron la superficie de «La Casa», Escudero solicitó que se presentara en su despacho de inmediato. Dana pensó que podría ser su última vez. Para la prensa, tal vez hubiera sido un éxito la operación pero, allí dentro, todos eran conscientes del fracaso y alguien debía asumir responsabilidades.

Llamó a la puerta, empujó la manivela y notó la presencia de varios hombres. Junto a la jefa, Navarro, Berlinger y el ministro esperaban su llegada.

—Buenos días, señores —dijo Laine observándolos fijamente. Escudero sentía cierto orgullo en su forma de mirar. Quizá porque había sido una mujer quien había llegado hasta el final; quizá porque iban a despedirla del servicio.

—Agente Laine... —expresó Navarro, rompiendo el hielo y

siendo el primero en tomar la palabra. De forma inesperada, el ministro se saltó los protocolos y se adelantó a los demás, acercándose a la agente y cogiéndola por el antebrazo.

—Gracias, agente. Su trabajo ha sido excepcional —dijo el hombre con transparente honestidad. Dana sonrió tímida. Los ojos de aquel señor eran los de un político, no los de un miembro de las Fuerzas de Seguridad del Estado y sus pupilas manifestaban el horror que había sufrido en sus carnes. Por alguna razón, lo ocurrido le había asustado, quedándole demasiado grande para tomar una decisión en frío. Ahora, a pesar de no haber encontrado el reloj, suspiraba tranquilo de haber puesto punto y final a aquel desastre—. ¿Puedo hacerle una pregunta?

—Lo que desee, señor ministro.

—¿Cómo supo que estaría en el baño? —cuestionó incré-dulo—. En un lugar tan grande como Barajas, esa mujer podría haberse escondido en cualquier parte.

Dana pudo responder que esa mujer era más audaz que todo el CNI, que lo que había hecho era una forma más de sobrevivir, por ella y por el bebé que llevaba dentro. Le podría haber dicho tantas cosas que ninguna hubiera servido para contestar a su pregunta.

—Intuición femenina, señor —dijo de manera abstracta, dejando en el aire una incógnita que el hombre aún no había logrado resolver.

El ministro no supo qué comentar ante aquello, así que optó por estrecharle la mano y agradecerle, una vez más, el servicio ofrecido.

Cuando creyó que todo había terminado, Berlinger se acercó a Laine para dirigirle unas palabras.

—El reloj no estaba con esa mujer. ¿Dónde se encuentra,

Laine? —preguntó de nuevo.

Dana le miró con desprecio pero, esa vez, no sería ella quien debería rendir cuentas.

—No lo sé, agente —contestó—. ¿Por qué le iba a ocultar información? Ya se lo dije. Podríamos haberlo averiguado... Estábamos muy cerca de ellos, pero ambos se han llevado el secreto a la tumba.

31

Por el bien de las dos. Esa fue la razón por la que la abandonaba allí dentro.

La pequeña se aferró al caballo, abrazándolo con fuerza, mientras veía cómo su madre salía del apartamento. El ruido de sirenas se amplificó. La mujer abrió la puerta y, cuando cerraba, no puedo evitar mirar a la pequeña. Le estaba rompiendo el corazón. Y no sólo eso. También su infancia.

En aquel escenario de sangre y soledad, se escucharon unos pasos subiendo por el edificio. La pequeña no supo cómo lo lograría, pero la mujer desapareció antes de que los agentes de la Policía llegaran a la vivienda. Desde entonces, se convertiría en un ser superior.

Los agentes, armados con rifles, abrieron la vivienda con un estrépito. La niña lloraba asustada, aunque fuese incapaz de imaginar el peor de los finales.

«Sé fuerte», repetía, parafraseando el mensaje de su madre.

Cerró la puerta de un golpe y se escondió en el rincón de la cama. Las piernas le temblaron. Sintió una necesidad incontrolable de orinarse encima, pero aguantó, por ella, por lo mucho que le molestaba a su madre cuando lo hacía.

Segundos después, varios hombres abrieron la puerta de un golpe y le apuntaron con sus armas, en medio de aquella carnicería humana. Como fieras, el resto comprobó las habitaciones en busca de peligro.

—Despejado, señor —dijo uno de los agentes. Los hombres bajaron las armas y miraron a la criatura—. Sólo hay una niña.

Una de las agentes que iba en el pelotón, se acercó a la pequeña Dana.

—No te preocupes, bonita. Ya ha pasado todo —dijo intentando acariciarla. La criatura temblaba de estupor e hizo un intento de separarse, pero no pudo evitar la caricia—. Estás a salvo... Eres una niña muy valiente.

—Oficial —dijo uno de los hombres—, pregúntele qué ha visto.

La mujer se giró con una mirada de rechazo. Aquello fue suficiente para contestar a su compañero. Luego se acercó a la pequeña y la arrastró hacia su regazo.

—¿Cómo te llamas?

—Dana... —dijo ella con su voz infantil—. ¿Dónde está mi mamá?

—Todo irá bien, Dana... No sufras —susurró la agente con el fin de calmarla—. Te prometo que encontraremos a tu mamá.

Pero nunca lo lograron.

Aquel día, la pequeña Dana aprendió que las promesas no significaban nada.

32

Un día después de su conversación con el ministro, a primera hora de la mañana, Dana golpeaba con tenacidad el saco en el interior del gimnasio.

Por su auriculares, la batería de *Symphony of Destruction* de Megadeth acompasaba las sacudidas. Era el mejor remedio para liberar el odio que llevaba dentro.

Cuando notó la sombra de su compañero, acercándose por su espalda, Dana se detuvo.

—¿Qué haces aquí, Ponce? —preguntó deteniendo la música del reproductor de música portátil—. Estoy fuera de servicio. Y esta vez no pienso moverme de aquí.

Ponce levantó las manos, en busca de un poco de paz.

—Quería asegurarme de que estabas bien —respondió el agente—. En las últimas horas sólo se ha hablado de ti.

—Las noticias no parecen decir eso.

—¿Desde cuándo importa lo que digan los medios? —preguntó restándole importancia—. Ya sabes para quién trabajan.

Dana continuó golpeando hasta que se vio obligada a parar, debido a la mirada fría del agente.

—¿Qué quieres ahora?

—Ese saco no tiene la culpa de tus problemas —respondió—. Podrías subir toda esa rabia al *ring*... y terminar lo que empezamos.

La agente Laine suspiró.

No pensó que hablara en serio, pero así era. Ponce había ido hasta allí para pelear de nuevo.

De pronto, el teléfono de Dana sonó. Ambos miraron al aparato y ella lo ignoró.

—Está bien, cámbiate —dijo y el compañero asintió.

El hombre se dirigió a los vestuarios y desapareció por el pasillo.

Dana se limpió el sudor de la frente y se acercó al estante donde estaban sus pertenencias para comprobar de quién era la llamada.

Un número desconocido.

La curiosidad le llevó a responder.

—¿Sí? —preguntó intrigada.

—¿Dana?

Una repentina taquicardia la obligó a buscar un punto de equilibrio.

No podía ser cierto.

—¿Mamá?

—¡Dana, hija mía! —respondió la mujer con voz aterciopelada y una extraña alegría. No eran buenas noticias para la agente—. Acabo de llegar a Madrid. ¿Estás ocupada?

Dana miró al pasillo que guiaba a los vestuarios. Supuso que Ponce lo entendería.

—No... —contestó nerviosa—. Claro que no... En absoluto.

Tras citarse, la agente colgó y miró el aparato.

Estaba pálida y las manos le temblaban.

Cuando Ponce regresó, se sorprendió al ver a la agente en ese estado.

—¿Te ocurre algo, Laine? —preguntó—. No me digas que te

has echado atrás...

Ella levantó la mirada.

—Es ella —contestó—. Ha vuelto.

Sobre el autor

Pablo Poveda (España, 1989) es escritor, profesor y periodista. Autor de otras obras como la serie Caballero, Rojo o Don. Ha vivido en Polonia durante cuatro años y ahora reside en Madrid, donde escribe todas las mañanas. Cree en la cultura sin ataduras y en la simplicidad de las cosas.

Autor finalista del Premio Literario Amazon 2018 con la novela El Doble.

Si te ha gustado este libro, te agradecería que dejaras un comentario donde lo compraste.

Ha escrito otras obras como:

Serie Gabriel Caballero
Caballero
La Isla del Silencio
La Maldición del Cangrejo
La Noche del Fuego
Los Crímenes del Misteri
Medianoche en Lisboa
El Doble
La Idea del Millón

Todos los libros...

Serie Don
Odio
Don
Miedo
Furia
Silencio
Rescate
Invisible
Origen
Serie Rojo
Rojo
Traición
Venganza

Serie Dana Laine
Falsa Identidad
Asalto Internacional

Trilogía El Profesor
El Profesor
El Aprendiz
El Maestro

Otros:
Motel Malibu
Sangre de Pepperoni
La Chica de las canciones
El Círculo

SOBRE EL AUTOR

Contacto: pablo@elescritorfantasma.com
   Elescritorfantasma.com

9 781692 267551